여보야,
이젠
사랑만 하자

여보야, 이젠 사랑만 하자

발행일   2016년 6월 3일

지은이   노 병 준
펴낸이   손 형 국
펴낸곳   (주)북랩
편집인   선일영   편집   김향인, 서대종, 권유선, 김예지, 김송이
디자인   이현수, 신혜림, 윤미리내, 임혜수   제작   박기성, 황동현, 구성우
마케팅   김회란, 박진관, 김아름
출판등록   2004. 12. 1(제2012-000051호)
주소   서울시 금천구 가산디지털 1로 168, 우림라이온스밸리 B동 B113, 114호
홈페이지   www.book.co.kr
전화번호   (02)2026-5777   팩스   (02)2026-5747

ISBN   979-11-5987-047-7 03810(종이책)   979-11-5987-048-4 05810(전자책)

이 도서의 국립중앙도서관 출판예정도서목록(CIP)은 서지정보유통지원시스템 홈페이지(http://seoji.nl.go.kr)와
국가자료공동목록시스템(http://www.nl.go.kr/kolisnet)에서 이용하실 수 있습니다.
(CIP제어번호 : CIP2016013356)

성공한 사람들은 예외없이 기개가 남다르다고 합니다.
어려움에도 꺾이지 않았던 당신의 의기를 책에 담아보지 않으시렵니까?
책으로 펴내고 싶은 원고를 메일(book@book.co.kr)로 보내주세요.
성공출판의 파트너 북랩이 함께하겠습니다.

여보야,
이젠
사랑만 하자

사랑의 힘으로 아픔과
고난의 역경을 이겨낸 한 부부의 동행 40년

노병준 지음

북랩 book Lab

Prologue
머리말

필자는 평생토록 대학에서 기계공학을 가르치고 연구하며 전공 서적과 논문만 집필했던 교수였습니다. 재직 시에는 시나 수필 그리고 단편소설을 발표한 적도 없습니다. 그런 필자가 정년퇴임 후에 전공과는 거리가 먼 글을 쓰기 시작했습니다.

첫 번째로 출간한 『꿈을 시련 앞에 버리지 마라』는 필자가 살아온 과거를 숨김없이 기술했습니다. 그리고 기독교인으로서 내가 받은 놀라운 하나님의 은혜를 간증한 자서전이었습니다.

교수로 재직하고 있을 때는 하찮은 자존심으로 어디서도 누구에게 말하기 싫었던 저의 발자취를 드러냈습니다. 그런 제 과거를 2010년 2월 말 정년퇴임을 앞두고 2009년 12월에 학생들과 교수들이 모인 강당에서 '마지막 강의'를 한 내용이었습니다.

두 번째로 출간하는 『여보야, 이젠 사랑만 하자』는 사랑으로 맺어진 한 부부의 삶의 이야기입니다. 결혼 초부터 온갖 질병으로 고생하며 40여 년간 살아온 한 여인에 대한 논픽션 소설입니다. 그 소설의 주인공이 필자의 아내입니다. 그 아내 곁에서 애통하며 독백했던 남편의 스케치북입니다. 색칠을 제대로 하지 못해 어수룩한 촌부의 자화상입니다.

소설의 주인공은 연기를 잘해냈는데 무자격 간병사 남편의 역할은 엉성합니다. 그런 남편이 아내의 신상을 세상에 털었습니다. 아내의 자존심도 아랑곳없이 남편 맘대로 자판을 두들겼습니다. 솔직하게 쓰려 했다고 남편은 변명할 뿐입니다. 이 변명을 아내와 독자들이 진솔하게 받아들여 주기를 바랍니다. 우리 부부와 같은 처지에서 서드에이지(Third Age)를 살아가는 부부들에게 이 책이 조금이라도 도움이 되기를 아내도 진심으로 바라고 있습니다.

연약한 아내는 온갖 잔병치레와 우울증을 이겨 가며 두 번의 암수술과 교통사고로 세 번째 수술을 받았습니다.
그 아내 곁에서 남편은 하늘을 보며, 땅을 보며 독백하는 버릇이 늘어 갔습니다. 그 독백을 토막글(시?)과 긴 문장(수필?)으로 기술했습니다.

'죽도록 걸으면 암이 먼저 죽는다.'

이것은 남편이 아내에게 강요한 스파르타식 걷기운동 철학이었습니다. 아내가 정신적, 육체적으로 가장 힘들 때 남편이 할 수 있는 일은 함께 걷는 것이었습니다.

가까운 산야로, 전국 방방곡곡 산과 계곡과 섬으로, 그리고 외국으로 십여 년간 열심히 돌아다녔습니다. 남편이 자기 위주로 한 것이지만, 아내의 건강 회복을 위한 작전이었습니다. 아내는 남편의 고집과 성깔을 못 이겨서라도 따라 다녀야 했고요.

"서른 번 씹어, 턱 괴지 마, 허리 펴!"

이 말은 식탁에서 남편이 아내에게 반복하는 퉁명스러운 말투였습니다. 아내는 그 거친 말투에 참 많이 서러워했지요.

아내가 위암 수술을 받은 지 십육 년이 되어 가는 지금 우리 부부는 건강한 황혼을 살고 있습니다. 죽도록 걸어서 암이 먼저 죽었고요.

"모든 검사결과가 아주 깨끗하대요."

금방 만날 남편에게 병원에서 한 아내의 전화 목소리다. 일주일 전에 받은 아내의 종합 정밀검진결과다.

여보야, 황혼엔 사랑만 하자!

끝으로 정성을 들여 그린 소중한 유화를 제공해 주신 장숙님과 정영숙님에게 깊은 감사를 드립니다. 그리고 책의 교정을 보고 수정도 해 준 아내와 두 아들을 뜨겁게 사랑합니다. 아울러 편집과 출판에 성심껏 협조해 준 북랩 임원과 편집 담당자에게도 깊은 사의를 표합니다.

2016년 4월에

노병준

여보야, 이젠 사랑만 하자

이 책의 차례

Part 01

여보야

Chapter 01

만남

둥지/노병준

Episode 01
커피숍에서

쑥색 투피스 마드무아젤

길가에는 풀꽃 향기가 그윽하고 산야는 연두색으로 물들어 가는 화창한 봄날이었다.

그날, 토요일에 관광호텔 커피숍 한쪽에 홀로 앉아 약속시간이 넘은 벽시계를 바라보고 있는 서른한 살 노총각이 있었다.

1970년대에는 마담이 굽이 높은 슬리퍼를 신고 쌍화차나 인삼차를 품위 있게 나르는 다방들이 많았다. 그러나 노총각이 앉아 있는 관광호텔의 커피숍은 원두커피 향이 짙게 풍기고 팝송이 흘러나오는 이국적인 분위기였다.

좋아하는 세미 클래식 팝송을 들으며 10여 분쯤 앉아 있자 그날 만남을 주선하신 대학교 은사님이 오셨다.

자리에 앉으시자마자 커피를 주문하시고 나의 긴장을 풀어 주시려는 듯,

"요사이 과 업무가 많아 바쁘지? 내가 조교 때보다 요새는 학생들이 많아져서 더 힘들 거야."

하고 분위기에 맞지 않는 학과의 일상 업무 얘기를 꺼내셨다. 이십여 분쯤 시간이 지나자,

"어, 올 시간이 넘었는데… 분명히 오늘 여기서 만나기로 약속했는데 잊어버렸나? 어이, 조금만 더 기다려 보자고. 요즘 숙녀들은 남자와 만날 때는 늦게 나오는 것이 에티켓이라나. 나도 총각 시절에 아내와 데이트할 때 꼭 그러더라니까…"

라고 하시며 나를 바라보셨다.

그 시간에 풍기는 커피향과 잔잔하게 흐르는 음악의 선율이 기다리는 시간을 그리 지루하지 않게 해 주었다.

교수님은 자주 다방 출입문을 주시하시다가 반가운 표정에 작은 목소리로,

"어이, 저기 오네."

하시더니, 큰 소리로

"여기요, 여기!"

여보야, 이젠 사랑만 하자

하시며 문간에서 들릴 정도로 목소리를 높이셨다. 나는 일부러 못 들은 척했지만, 내 눈동자는 자동으로 출입문 쪽으로 돌아갔다.

숙녀가 걸어오고 있었다
또각또각 하이힐 발걸음 소리가
점점 가까이 들려왔다

쑥색 투피스 차림에
굽이 꽤 높은 하이힐을 신었다
출렁이는 긴 머리일까 했는데
미용사가 솜씨 부린 파마머리였다
세팅된 채로 조금도 흐트러지지 않았다
약속시간을 넘긴 이유 하나가 짐작되었다

작은 키에 왜소한 몸매가 내가 보고 느낀 그녀에 대한 첫인상이었다.

"어이, 노 선생 인사해. 여기가 내가 얘기했던 미스 박, 그리고 여기는 내 아내가 얘기했던 노 선생이고."
"안녕하세요? 반갑습니다. 노. 병. 준. 입니다."

검은 눈썹

동네 이발사가 다듬은 단정한 머리

살갑지 않아 보이는 인상

중간치나 될까 하는 키

우람하지 않은 체격

성깔 있게 보이는 남자

내 모습 그대로 그녀의 눈에 비친 내 첫인상이었을 것이다.

만남을 주선한 분은 대개 두 사람의 약식 소개만 해 주고 자리를 비켜 주는 것이 상례인데 두 사람의 어색한 분위기가 길어지자 교수님은 자리를 떠나지 않으셨다. 입담이 좋으신 교수님은 사모님과의 결혼 전 데이트 이야기로 처음 만난 처녀 총각을 족히 반 시간쯤 웃기셨다.

내가 잘 아는 사모님은 보기 드문 미인이시고, 키는 보통, 결혼 전에는 초등학교 교사로 근무하셨다고 들었다. 사실 그날 만남을 주선하신 주인공은 교수님이 아니라 사모님이었다. 사모님은 마드무아젤 박의 초등학교 은사님이고, 특별활동반에서 무용을 지도하셨던 분이다.

나는 교수님과 사제지간, 마드무아젤 박은 사모님과의 사제지간, 그렇게 양 제자들의 첫 만남이 주선되었던 것이다.

나는 나이 30에 대학졸업장을 받기까지 보기 드물게 힘든 방황

여보야, 이젠 사랑만 하자

의 세월을 오래 보냈다. 그래도 대학을 졸업하자마자 학과 조교로 선발된 행운아였다. 그때 나는 조교로서 학사업무와 대학원 공부로 시간을 쪼개 써야 할 때였다.

그 와중에도 나의 짝을 맺어 주시기 위한 교수님의 열정은 참으로 대단하셨다.

두 사람은 얘기를 나눌 여유도 없이 교수님의 얘기를 듣고 웃다 보니 점심때가 넘었다.

"어이, 노 선생, 우리 점심 식사하러 가세."

점심 식사도 교수님께서 먼저 챙기셨다.

제자들 사이에서 샤프하신 교수님으로 정평이 나 있는 교수님의 작전대로 처녀 총각은 식당으로 따라갔다.

"아줌마, 여기 로스구이 삼인 분, 그리고 소주 한 병도 주고…."

주문도 교수님이 하셨다.

불편한 자리에 쭈그리고 앉아 있는 마드무아젤 박은 뒷전이고, 교수님과 나의 반주를 겸한 식사자리는 화기애애한 분위기가 되었다. 거기에서도 교수님의 농담은 계속되었고, 그 분위기에 이끌려 나도 자세가 흐트러져 갔다.

식사가 거의 끝나 갈 무렵에 이제 됐다고 생각하셨는지 교수님은 나가자고 서두르시더니,

"이제 둘이서 좋은 얘기 많이 나눠! 구성없는 나는 갈 테니까."

라고 하시며 뒤도 안 돌아보시고 가셨다.

긴 시간 동안 교수님께서 익혀 주신 분위기로 이젠 두 사람만 있어도 그리 어색하지 않았다.

옆에 있는 2층 다방으로 들어가 찻잔을 앞에 놓고 그제야 서로의 얼굴을 눈여겨보며 이야기를 나누기 시작했다.

내가 졸업한 J고등학교에 대한 얘기를 꺼내자 자기 오빠도 같은 고등학교에 다녔다고 했다.

이름을 듣고 보니 나와 동창이었다. 이젠 교수님과 사모님의 제자들의 만남에서 고등학교 동창 여동생으로 인연이 하나 더 늘었다.

쑥색 투피스는
아담한 여인에게는 안 어울린다
색상은 품위 있고 고상하지만
쉽게 조화되지 않는 색상이다
한국화라 보아도 묵화가 아니고
서양화라 보아도 유화나 수채화가 아니다
그냥 홀로 고상하고 멋진 색상이다

그녀의 이마가 내 눈썹을 가릴까?
자연스럽게 늘어트린 긴 머리가
미용사가 솜씨 부린 파마보다 멋질 텐데
섬섬옥수, 하얀 피부는 보기엔 참 참하나
초가을 찬물에도 시려할 것 같다

여보야, 이젠 사랑만 하자

희지도 검지도 않은 우리네의 황색 피부가

따뜻하고 건강해 보이는데

그녀의 피부는 하얗기가 보통을 넘는다

라고 나는 혼자 속으로는 독백을 하고 있었다.

별로 건장하지도 않고

중간 정도나 될까 하는 노총각

흐트러지지 않는 자세는

군인인가 경찰인가 혼돈스럽다

교수님과 소주 몇 잔 하더니

긴장이 풀리나 보다

쑥스러움도 없이 말하는 것을 보니

숱이 많고 짙은 눈썹

날카로운 눈빛

얼핏 하면 다물어 버릴 것 같은 입술은

고집 센 남자의 전형적인 모델이다

라고 마드무아젤 박도 생각하지 않았을까?

첫 만남은 교수님의 작전에 끌려가 소주잔까지 기울이고 둘이서

는 몇 마디 얘기를 나누는 정도였지만, 꽤 오랜 시간을 보냈다. 다방

에서 나와 헤어지며 일주일 후에 그 다방에서 만나자는 약속을 할 정도까지 되었다.

바바리코트

4월의 마지막 주 토요일, 초여름으로 재촉해 가는 보슬비가 새벽부터 내렸다.

약속한 다방으로 가야 할 오후 두 시가 되어도 비는 여전히 내리고 있었다. 바람이라도 불었으면 우산을 받았어도 바짓가랑이가 젖었을 텐데 바람 없는 봄날에 잔잔히 내리는 보슬비가 고마웠다. 두 번째의 만남에서도 나는 보통 남자의 에티켓을 지켜 십 분쯤 먼저 다방에 도착했다.

무슨 사연들이 많은지, 신중한 얼굴로 대화를 나누는 사람들, 별일도 없이 혼자 앉아 재떨이가 넘치도록 담배만 피워대고 있는 중년들, 누군가를 기다리며 문간만 바라보는 젊은이들….

그런 사람들의 담배 연기로 다방은 자욱했다.

그래도 낡은 창 몇 개가 있어 숨통이 조금 트였다. 연기로 뿌예진 유리창에는 빗물이 줄기줄기 흘러내리고 있었다. 보슬비가 연출하는 봄의 행위 예술이었다.

잠시 후에 한 숙녀가 다방 문을 열고 들어왔다. 몸매는 눈에 익었

여보야, 이젠 사랑만 하자

는데 옷차림은 아니었다. 안에는 옅은 분홍색 원피스를, 겉에는 밝은 회색 바바리코트를 입었다. 그리고 목에는 얇은 실크 스카프를 둘렀다. 오늘같이 보슬비 내리는 봄날에 잘 어울리는 코디였다.

내 옆으로 가까이 다가온 그녀는 나와 만나기로 약속했던 마드무아젤 박이었다. 그녀는 오늘도 10여 분쯤 늦게 도착하는 꼬레안 숙녀의 에티켓을 기어코 지켰다.

"안녕하세요? 비가 내려서 오시는 데 불편하셨죠?"

나는 틀에 박힌 인사를 먼저 했다.

오늘은 조금 여유 있고 편안한 마음으로 커피를 마시며 대화를 나누었다.

"어떻게 간호사가 되셨나요? 나는 취직이 잘되는 학과를 찾아 공대에 갔었는데…"

라고 내가 먼저 공학도다운 서두로 입을 열었다.

"저도 부모님의 권유로 간호학교에 들어갔어요. 그런데 적성이 안 맞아 일 년 다니다가 휴학까지 했었어요. 그 무렵에 언니 오빠가 대학에 다니고 남동생 여동생이 중·고등학생이었어요. 거기에 저까지 일반대학에 갈 수 있는 형편이 안 되어 다시 간호학교에 복학하여 졸업했어요. 그리고 바로 J병원에 취직했고요."

이렇게 나는 마드무아젤 박이 간호사가 된 사연을 대충 들었다.

"저도 고등학교를 졸업하고 육군사관학교에 입학했다가 적성이 안 맞아 자퇴하고, J대학교 기계공학과에 편입하여 졸업했습니다. 들어서 아시겠지만, 현재는 대학원에 다니며 조교로 재직 중이고요."

라고 내 이력을 조금 더 얘기했다.

나는 활동적인 스포츠를 좋아하지만 정서적인 면에서는 독서보다는 음악을 좋아했다.

초등학교 때에는 낡은 오르간 소리에 매료되어 배우고 싶어 안달이었다. 그 낡은 오르간은 우리 학교의 재산 목록 1호였다. 그때는 도둑들이 많아 오르간을 숙직실에 보관했었다.

방학 중에 담임선생님이 숙직하실 때에는 숙직실에 와서 공부하라고 나를 꼭 부르셨다. 실은 선생님이 점심 식사하러 댁에 가실 때 숙직실을 지키기 위해서였던 것이다.

나는 선생님이 안 계시는 기회를 틈타 선생님도 몰래 악보와 건반의 위치를 익혀 '학교종이 땡땡땡'을 치기 시작했다.

중·고등학교 때에는 밴드부에 들어가 악기를 배우고 싶었지만, 배울 여건이 못 되어 포기했었다.

내가 대학교를 졸업하고 조교 월급을 받아 제일 먼저 산 것이 휴대용 콤팩트 오디오였다. 그 오디오는 라디오를 듣고, LP판을 돌릴 수 있는 전축 기능이 있었다.

그 전축으로 사라사테의 지고이네르바이젠, 슈베르트의 세레나데, 슈만의 트로이메라이, 드보르자크의 신세계 교향곡, 차이콥스키의 비창, 모차르트의 왈츠, 쇼팽의 판타지아 등과 같은 가벼운 클래식 음악을 감명 깊게 감상했었다.

여보야, 이젠 사랑만 하자

비록 지글거리고 끊기고 같은 음절을 반복하는 LP 복사음반의 노래이긴 하지만….

나는 그런 얘기를 수준 있는 취미인양 마드무아젤 박에게 늘어놓았다.

마드무아젤 박은 운동이나 등산보다는 정적인 활동을 선호하는 편으로 보였다.

형제들이 클래식 음악을 좋아해서 클래식 LP음반을 꽤 많이 수집했다고 했다. 전주에서는 구하지 못한 작곡가나 지휘자의 클래식 음반은 서울에서 구해왔다고도 했다. 그리고 언니와 자기는 무용을 좋아해서 초등학교 때에 무용을 배웠지만, 아버지의 반대로 결국 그만두었다고 했다.

"나는 학창 시절에 어려운 환경에서 예능 분야의 어느 것 하나 배우지 못했다. 뒤늦게라도 좋아하는 음악을 즐길 수 있어 행복했었다. 그런데 콤팩트 오디오 얘기를 꺼낸 것이 쑥스러운 자랑이 되었다.

내가 대학을 졸업할 때까지 읽은 도서 목록을 적어보라면 몇 권이나 될까? 만화책 몇 권도 제대로 읽지 못했던 나였는데….

중·고등학교 6년 동안 틈틈이 썼던 일기가 나의 문예 활동의 전부였다고나 할까?

사실 그것은 일기라기보다는 내 학창시절의 곡절들을 기록했던 내 생활상이었다.

그 노트 12권마저 후에 흔적도 없이 사라져 나를 한때 너무도 슬프게 했었다. 그래도 그때 진솔하게 썼던 그 일기는 내 가슴 속 깊은 곳에 또렷하게 기록되어 있다."

잠시 나는 혼자만의 과거에 빠져 있었다.

대화의 장르는 영화 이야기로 옮겨졌다.

둘 다 기독교인이라 영화 '십계' 이야기를 하다가 가족의 종교 이야기를 자연스럽게 하게 되었다.

마드무아젤 박은 전통적인 기독교 가정에서 태어난 모태 신앙인이었고, 할아버지가 목사님이셨다고 했다.

그에 비해 나는 조상 대대로 무종교 가정에서 태어났다. 배탈이 나거나 감기 몸살만 심해도 무당집에 찾아가 점을 치고 살풀이나 귀신 쫓는 굿을 하는 동네에서 자랐다.

초등학교 때에 크리스마스 선물 받는 재미로 교회에 나갔던 것이 계기가 되어 기독교인이 되긴 했지만….

영화 이야기가 계속되었다. '바람과 함께 사라지다', '녹색의 장원' 그리고 한국영화 '잊혀진 여인'에 대한 얘기를 나눴다. 그중에서도 나는 영화 '잊혀진 여인'에 대해 감동적이었던 얘기를 했다. 어린 소녀가 리사이틀에서 연주하는 '쇼팽의 즉흥환상곡'에 나는 완전히 빠져들었었기 때문이다. 게다가 소식도 없이 머리가 반백이 되어가는 세월 동안 별거하던 여인이 딸의 리사이틀에 몰래 와서 뒷자리에 앉아 흐느끼는 장면….

그치지 않고 내리는 보슬비는 우리가 진솔한 이야기를 보다 오래

나눌 수 있게 해 주었다. 그리고 다음의 만남을 기대하게 해줬다.

화려한 옷이 날개가 아니다
명품이 아름다움을 꾸미지 못한다
자연스러운 캐주얼 스타일을 더 좋아하는
내 속내를 알았을까?
궁금했다

아침부터 내리는 보슬비가
마드무아젤 박의 코디였나?

Episode 02

호숫가로 산야로

봄은 초여름 훈풍에 밀려가고
계절의 여왕 오월이다
지난 가을에 농부들이 씨 뿌린 논밭에는
청보리가 무릎까지 자랐다

종달새가 창공에 날아올라
세레나데를 부르는 것은
먼 풀숲까지 들려주려는 구애의 애달픔일까?
그 구애의 노래에 봄소식도 묻어왔는데
여름 소식은
오월 신록 그림엽서로 전해왔다

여보야, 이젠 사랑만 하자

세 번째부터 우리의 만남은 자연과 함께하는 데이트였다. 시골 태생인 나는 복잡한 도시보다 자연 그대로인 산야를 더 좋아했다.

잔잔한 호숫가를 거닐며 다듬어지지도 않은 노래 솜씨로 '내 마음은 호수요'를 불렀다. 푸른 밭두렁을 거닐 때에는 가사도 곡조도 내 멋대로 바꿔가며 '보리밭'을 불렀다.

그래도 이젠 별로 쑥스러워하지 않았다. 노총각의 얼굴이 두꺼워진 것이었을까. 마드무아젤 박과 친숙해져 간다는 것이었을까?

나는 학교에서 음악시간에 배운 노래 몇 곡만 박자와 곡을 맞게 부르는 정도였다. 내 노래는 라디오나 음반을 통해 들어서 맘에 들면 혼자 익힌 귀동냥 노래였다.

"노래 잘한다. 목소리가 참 좋다."

라고 칭찬하는 친구들의 말은 그저 나를 기분 좋게 해 주려는 말이라고 생각했었다.

그래도 내가 육사에 다닐 때에는 합창단원으로 뽑혔었는데….

칠팔월 한여름에 우리의 데이트 장소는 산과 계곡이었다. 선글라스를 쓰고 비키니를 입고 피서객들이 인해를 이루는 해변은 나도 싫어하고 마드무아젤 박도 싫어했다.

신록이 짙게 물들어 녹색 장원이 되고, 시원스럽게 물이 흐르는 계곡이 한적하면서도 적적하지 않아 좋았다. 거기가 우리의 새로운 꿈과 희망의 데이트코스 우선순위였다.

우리는 봄에 만나 여름을 보내고 어느새 단풍으로 물든 가을에

기다리실 이/정영숙/53.0x40.9㎝/oil on canvas

여보야, 이젠 사랑만 하자

들어섰다. 사람들로 붐비는 명산보다는 적적하지 않을 만큼만 사람들의 발길이 오가는 계곡과 암자를 찾아 데이트를 했다.

울긋불긋 오색단풍이 어우러진 명산이 풍요롭고 아름답지만, 산사나 시골 마을을 지키는 수령 많은 몇 그루 은행나무의 황금색 단풍도 고귀하고 아름다웠다.

저 아름드리 은행나무는
어이해 황금색만 고집했나
삼원색도 혼란스러워 황금색만 고집했나
"부자 되라." 축복해 주고
"변치 마라." 일러 주려
황금 예복을 차려입었나

서리 내리고 찬바람 불면
한날에 낙엽이 되어
밑자락 그늘진 자리에 떨어지자
언약이라도 했었나!
가르침이라도 있었나!

북서풍에 나붓거릴 한 잎도 남김 없다
찬바람에 쓸쓸하게 울 가지만 앙상해도
하늘거리지 않는 본태는 의연하다

너, 은행나무를

축복의 천사

불변의 커플링

선비의 화신이라 부르리

여보야, 이젠 사랑만 하자

Episode 03

소박한 결혼

우리는 4월에 만나 봄, 여름, 가을을 지나 겨울 문턱에 들어섰다.

꽃이 만발하고

연두색 산야로 물들어 가던 봄도

맺은 열매 풍성히 기르며

무더위 장마쯤은 이겨 내라던 여름도

풍성한 열매 거두어

풍부하게 살라던 가을도

모두 겨울맞이 채비였다

떨어져 푸석하게 쌓인 낙엽은

늦가을 비에 젖어 납작 엎드렸다
내일쯤 불청객으로 불어닥칠
진눈깨비, 북서풍을 피하려는 지혜다
새봄에 싹 틔울 씨앗을 품은 모성이다

우리는 첫눈이 내리고, 북서풍이 매서워질 무렵, 그해가 다 가기 전에 결혼하자고 언약했다. 관례적인 양가 상견례나 약혼식은 생략하고 검소하고 알뜰한 결혼식을 준비하자고 약속했다.

나는 예비 장모님은 뵙지도 않고, 다방에서 장인어른만 뵙고 인사드린 것이 처가에 대한 결혼 전 인사의 전부였다.

처가에서는 나에 대하여 대학교에 재직하고 있는 친척과 지인을 통하여 알아보셨다. 물론 마드무아젤 박의 오빠와는 동창이어서 나에 대한 얘기는 아들로부터 더 신빙성 있게 들었을 것으로 믿었다.

우리 가족에게도 부모님이 전주에 오셨을 때에 마드무아젤 박을 보신 것으로 상견례를 가름했다.

그렇게 우리는 양가 부모님들의 결혼 허락을 받았다. 결혼식 택일도 우리 둘의 사정에 맞추어 정하도록 허락해 주셨다.

그리하여 사주팔자 궁합은 아예 무시했고, 결혼식 택일도 근무에 지장 없는 토요일 오후 2시로 정했다.

주례는 교회 목사님에게 부탁드렸고, 예식은 교회에서 올리기로 했다.

여보야, 이젠 사랑만 하자

처가에서는 나 하나 믿고 딸을 시집보내는 것이고, 우리 집에서는 아들에게 모든 것을 믿고 맡기셨다.

서른한 살 노총각의 결혼은 신부에게 많은 아쉬움을 남겨 주었다.

신부에게 해 줄 결혼예물도 일반인들이 쓰는 금액의 반도 안 되는 현금을 주며 알아서 준비하라고 했다.

나도 결혼식장에서 입을 양복과 손목시계 외에는 결혼반지도 사양했다.

그것은 나의 경제적인 여건이 요인이 되기도 했지만, 화려한 외형보다 건실한 결혼식을 올리겠다는 나의 소신이었다. 이에 마드무아젤 박도 호응해 줬기 때문에 원만하게 진행되었다.

나는 고희를 넘긴 지금까지도 결혼반지나 커플링도 끼어 본 적이 없고, 컴퓨터 자판을 두드리는 이 시간에도 내 손가락에는 구리반지 하나 끼어 있지 않다.

내 고희 생일 기념으로 큰아들이 맞춰 준 반지도 책상 서랍에서 잠자고 있다. 그것은 검소하게 살아야 한다는 내 생활관이라기보다는 그런 데에 별로 관심이나 호기심이 없는 내 성미 탓이다.

1973년 12월 8일 토요일 오후 2시는 내가 택일한 결혼 일시였다.

그때가 12월 초순이었는데도 예기치 않게 결혼식 전날까지 내린 폭설로 시골 곳곳에 교통이 두절되었다. 전주 시내에도 많은 눈이 쌓여 교통이 불편할 정도였다. 게다가 전날 밤늦게까지 바람이 매

섭게 불었다. 그날 나는 밤 12시가 넘을 때까지 수차례 마당에 나
와 하늘만 바라봤다. 매서운 바람에 나뭇가지 우는 소리에 귀를 막
았다.

십이월 팔일 꼭두새벽에
마당에 나가 하늘부터 바라봤다
맑은 하늘에 별들이 총총하고
매섭게 불던 바람도 잦아졌다

거짓말처럼 변한 날씨에
나는 눈을 의심하고 볼을 꼬집어 봤다
흥분된 가슴이 두근거렸다

아침 햇살은 완연한 사월 봄날
눈 더미에서는 김이 모락모락 나고
길가에 쌓인 눈이 녹아
장마 빗물처럼 흘러 내렸다
날씨가 이렇게 급변할 수도 있을까?

우리는 두 손 꼭 잡고 십자가 앞에서
목사님의 주례사를 가슴에 새기며
일생 동안 서로 사랑하며 살겠다고

여보야, 이젠 사랑만 하자

성경에 손을 얹고 서약했다

빛/노병준

우리의 신혼 둥지는 툇마루 밑이 아궁이고. 처마 밑에 간이 부엌이 붙어 있는 이간장방 월세방이었다. 신혼부부의 방이라고 하기에는 참 초라했다. 그래도 엄동설한에 퇴근하여 집에 오면 벌건 연탄불이 우리 부부를 따뜻하게 맞아주었다.

그곳이 우리 신혼부부의 하루의 피로를 풀어 주고 꿈을 설계해 가는 보금자리였다

라디오나 TV에서 '새마을운동' 노래가 조석으로 흘러나오던 그 시절에 연탄불에 밥 짓고 난방 되는 셋집에 사는 것만으로도 나는 감사했다.

그러나 아내는 불편하고 서툰 신혼살림으로 친정집 생각이 날 때

에는 이따금 눈물을 흘리기도 했다. 아늑하고 따뜻한 친정의 안가와 부모 형제 곁이 그리울 수밖에….

그래도 우리 부부는 안락하고, 풍부하고, 깨가 쏟아지는 신혼생활을 못 누리지만, 아름다운 꿈과 희망을 가꾸며 열심히 살아가는 새내기 부부였다.

Chapter 02

아내는 남편보다 강하다

거송/노병준

Episode 01

아내는 특이체질

극성스러운 멀미

나는 어려서부터 차멀미나 뱃멀미가 어떤 증상인지도 몰랐다. 우리 부모 형제들도 멀미에는 참 둔감했다. 어릴 때에는 중고 트럭 짐칸에 타고 비포장도로를 달려가다가 종점에 도착하면 아쉬워했다. 그리고 차에서 뿜어 나오는 가솔린 냄새도 역겨워하지 않았다.

그런데 결혼한 후에 아내와 버스를 타고 가다가 아내가 심하게 차멀미하는 모습을 보고 나는 이상히 여겼다. 트럭도 아닌 버스를 타고 의자에 편히 앉아서 가는데 차멀미를 하다니….

1970년대 말까지만 해도 시골 길은 대부분 비포장 자갈길이었다. 이따금 버스를 타고 외지에 가야 할 때에는 아내는 멀미에 대비해

여보야, 이젠 사랑만 하자

야 했다.

지금 같은 포장도로에서도 버스를 타야 할 때에는 중간보다 앞좌석에 타야 한다. 내가 운전하는 승용차를 탈 때에도 아내는 앞좌석에 타야 멀미를 덜 한다. 파도치는 날에 배를 탄다는 것은 아예 생각을 말아야 한다.

지금은 돌아가셨지만 여성 체구로는 비만도 전혀 아니고, 오히려 근육과 체지방이 부족할 정도였던 장모님의 멀미는 단연 최상급이었다.

승용차를 타고 시내만 다녀오셔도 그날은 멀미로 몸살을 앓으셨다. 아내의 멀미는 장모님만큼 심하지는 않지만, 모전여전의 모델이고, 언니 동생도 멀미에는 예외가 아니다.

별스러운 알레르기

우리 부부는 결혼 후에도 각기 직장에서 열심히 일하며 신혼생활을 했다. 아내는 병원 근무로 아침 일찍 출근하고, 나는 대학원생이었지만 조교 신분으로 연구보다는 학사 업무에 매여 하루도 여유를 부릴 겨를이 없었다.

결혼한 지 반년이 지났다. 어느덧 신록이 짙어가는 5월 어느 날 오후였다. 나는 여느 때와 마찬가지로 퇴근버스에서 내려 곧장 집에 들어왔다.

오후 네 시경이면 퇴근하여 집에 있던 아내가 그날은 집에 없었다. 오후 여섯 시가 넘어도 연락이 없어서 근무하는 병원으로 전화를 걸어 아내의 후배 간호사에게 물어봤다. 그 간호사는 사유는 말하지도 않고, 아내가 몸이 안 좋아서 입원해 있다고 알려 주었다. 나는 부랴부랴 택시를 타고 병원으로 달려가 곧장 아내가 입원해 있는 병실로 들어갔다.

환자복을 입고 침대에 누워 있던 아내는 내가 들어서자 얼굴을 반대쪽으로 돌렸다. 얼굴을 내게 보여 주지 않으려는 눈치였다.

다가가 보니 얼굴은 띵띵 부어 있고, 두 눈까지 감겨져 다른 사람에게 보이기가 쑥스러울 정도였다.

아내는 목과 기도가 심하게 부어서 목 쉰 소리로 무어라 하는데 나는 무슨 말인지 알아들을 수가 없었다.

내가 32년 동안 살면서 처음 보는 기이하게 부어오른 여자의 얼굴이었다. 나는 겁도 나고 기가 막혀서 할 말을 잊었다.

아내는 자기 모습을 남편에게 보이기가 얼마나 창피했을까! 나는 한참 동안 창밖을 바라보며 멍청히 서 있다가 간호사에게 어떻게 된 일이냐고 물었다.

"오늘 퇴원하는 환자의 보호자가 선물로 종합과일통조림을 주어서 간호사들이 함께 나눠 먹었는데, 선생님만 저렇게 되셨어요. 갑자기 온몸에 두드러기가 나고 얼굴이 부어오르면서 기도가 막혀 쓰

여보야, 이젠 사랑만 하자

러지셨어요. 워낙 응급 상황이라 병원에 비상이 걸리고 각 과 과장님들이 달려와 응급 처치하여 겨우 위기를 넘겼어요."

결혼 전에 데이트하면서 아내가 자기의 알레르기 체질에 대해 얘기해 준 기억이 떠올랐다.

과일 중에서는 자두, 살구, 복숭아는 절대로 못 먹고, 은행에도 알레르기가 있고, 사과도 먹으면 입술이 붓는다고 했었다. 그리고 닭고기를 먹어도 알레르기 반응이 일어나는 때가 있다고 했다.

나는 과일이나 음식에 대한 알레르기 증상을 경험한 적이 없고 그런 사람을 본 적도 없어서 그때에는 그냥 듣고 흘려보냈었다.

아내가 그날 먹은 종합과일통조림에는 복숭아와 자두가 들어 있었는데 무심코 먹었던 것이다.

아내에게 그런 알레르기 부작용이 병원에서 일어난 것이 천만다행이라고나 할까. 만약에 외부에서였다면 기도가 막혀서 응급실에 가기도 전에….

결국 아내는 이틀간 병원 신세를 지고 퇴원했다. 아내는 손수 연출한 드라마의 주인공이 되어 나에게 알레르기 부작용이란 이런 것이라고 확실하게 보여 줬다. 앞으로 자기가 먹는 것 늘 감시하라는 교육이었나?

저혈압에 저혈당

1995년도 여름에 교육부에서 국·공립대학교 기획처장회의가 있어서 아침 일찍이 고속버스 편으로 상경했다.

고속버스에서 평소에 친하게 지내던 의과대학 신경과과장 K교수를 만났다. 그 교수는 서울에서 열리는 학회에 가는 중이라고 했다.

강남고속버스터미널에서 그 교수와 헤어져 나는 곧장 교육부 회의에 참석했다.

그날은 안건이 많지 않아 일찍 회의가 끝나 곧바로 귀향했다.

전주에 도착한 시간은 오후 여섯 시가 다 되었지만, 여름이라 아직 해가 많이 남아 있었다.

고속버스터미널에 도착한 나는 10여 분 거리에 있는 집에 걸어서 들어왔다. 그날따라 아내가 집에 없었지만 별다른 생각 없이 아내가 들어오기를 기다리고 있었다.

거실에서 TV를 보고 있는데 전화벨이 울렸다. 조금 늦게 들어오겠다는 아내의 전화겠지 하고 수화기를 들었다. 그런데 대학병원에 입원해 있다는 아내의 맥 빠진 목소리였다. 부랴부랴 병원으로 달려가 보니 아침에 고속버스에서 만났던 K교수도 아내의 병실에 와 있었다.

그 교수는 아내의 진료 차트를 보며 검진 결과와 처방을 레지던트에게 묻고 있었다. 나는 아내에게 어떻게 된 상황이냐고 묻기도 전에 K교수에게 어떻게 여기에 와 있느냐고 물었다.

여보야, 이젠 사랑만 하자

그 교수는 학회에 참석했다가 일찍 내려와 귀가 중에 수련의로부터 기획처장 사모가 입원했다는 보고를 받았다고 했다. 아침에 고속버스로 서울에 같이 가면서 아무런 얘기가 없었는데 이상하다 싶어 병실에 들렀다고 했다.

아침에 내가 일찍이 출장을 간 후에 아내는 너무도 심한 어지럼증으로 응급실에 왔다고 했다. 종합검진결과 신경과적인 문제로 진단이 나와 신경과에 입원하게 되었다고 했다.

그런데 아내는 처방약을 복용하고 링거주사를 맞고 있는데도 어지럼증이 호전되지 않고 오히려 온몸에 통증까지 심해졌다며 끙끙 앓고 있었다.

K교수는 아내의 말을 듣고 증상을 다시 자세히 살펴보고 검진결과와 처방약, 그리고 투약 중인 주사약을 점검했다. 그런데 갑자기 나와 환자인 아내의 면전에서,

"이따위로 잘못 처방하여 환자를 더 고생시키고 의사들이 욕을 먹는다."

하고 담당 의사인 레지던트에게 호통을 쳤다.

나와 아내는 어안이 벙벙했다. 그 교수는 나와 친하고 아내도 그 교수의 진료를 받은 적이 있어서 아내와도 잘 아는 사이였다. 그래도 우리 앞에서 그렇게 호통을 치는 것을 보는 우리는 속으로 민망했다.

K교수는 즉석에서 복용약과 주사약을 바꿔 처방해 주었다. 주사

약을 바꿔 투약하고 새로 처방해 준 약을 복용한 지 30여 분 지나자 아내의 통증이 가라앉고 어지럼증이 사라지기 시작했다. K교수의 덕택으로 아내는 그날 밤에 편히 자고 다음 날 아침 일찍 퇴원했다.

아내가 응급실에 갈 정도로 심하게 앓았던 어지럼증은 저혈압 저혈당 증세로 밝혀졌다. 건강한 사람들의 정상 혈압이 120/80mmHg인데 비해 아내의 혈압은 위아래로 크게 못 미치는 저혈압이다.

우리 가족이나 친척 중에 고혈압이나 저혈압으로 고생하는 분이 없어서 아내의 비정상적인 저혈압 체질은 나에게 신기하기만 했다.

그것도 더욱 신기한 것은 장인은 고혈압으로 칠십도 못되어 돌아가셨는데, 아내는 저혈압이니 참 특이한 체질이다.

아내는 가끔 나를 놀래 주려고 내 손을 잡으면 깜짝 놀랄 정도로 차갑다. 사람 손이 이렇게 찰 수가 있을까 의심할 정도지만, 한참 잡고 있으면 내 손처럼 따뜻해진다.

이석증이라고?

어느 토요일 아침에 아내가 일어나자마자 어지럼증으로 몸을 가누지 못했다. 자고 일어나서 그렇겠지 하고 나는 대수롭지 않게 생각했다. 그런데 아내는 시간이 갈수록 어지럼증세가 더 심해져서 앉아 있지도 못할 정도가 되었다. 전에도 기운이 부치고 몸이 허약해

여보야, 이젠 사랑만 하자

질 때에 어지럽다는 말을 자주해서 그날도 그런 정도이겠지 했다.

세면실에서 양치질을 하는데 아내의 신음 소리가 들려 급히 나와 보니 쓰러져 있었다.

천장이 빙빙 돌고 몸을 가눌 수가 없다며 몸부림을 치고 있었다.

나는 급히 아내를 차에 태우고 대학병원 응급실로 달려갔다. 응급실에서 기본적으로 받아야 하는 검사를 다 받았다. 무슨 약물인지는 모르지만, 아내의 링거에는 어지럼 증상을 가라앉히는 주사약이 처방된 것 같았다. 그리고 담당 의사는 증세의 호전 상태를 체크해 가고 있었다.

두 시간 후쯤에 아무런 이상 증상이 발견되지 않았다고 의사가 검사결과를 설명해 주었다.

그런데 아내의 증세는 전혀 호전될 기색도 없이 집에서의 증상 그대로였다. 그러자 응급실 담당 의사가 아무래도 신경과에서 검사를 받아 보는 것이 좋겠다고 말했다.

그런데 그날이 토요일이라 응급실에 수련의들만 근무하고 신경과에도 마찬가지였다. 교수들의 진료를 받기 위해서는 월요일까지 기다리는 수밖에 없었다. 그리하여 나는 이미 퇴근한 신경과장 K교수에게 전화를 걸어 아내의 상태를 설명해 주고 도움을 요청했다.

그 교수는 곧바로 응급실에 와서 진료 차트와 아내의 증상을 살펴보더니 신경과 문제보다는 이비인후과에 관련된 증상 같다고 진단해 주었다. 그리고 이비인후과에 전화를 걸어 근무 중인 레지던트에게 아내의 검진을 부탁해 주었다.

휴일인데도 나와 타과에 부탁해 진료를 받을 수 있게 해준 K교수가 정말 고마웠다.

아내는 곧바로 이비인후과로 옮겨 가 귀에 관련된 갖가지 검사를 받았다. 빙빙 돌려 제대로 균형을 잡는지, 머리를 어느 쪽으로 돌리면 더 어지러운지 등등…. 신체의 기능적인 테스트를 모두 받았다. 그날 해 질 무렵에야 이비인후과 레지던트가 진단을 내렸다.

"내이內耳에 몸의 평형을 감지해 주는 평형판 위에 칼슘 덩어리로 된 작은 돌이 있습니다. 이것이 몸의 균형을 인식해 주고 있는데 그 돌이 밖으로 빠져나와 액체 중에 부유하고 있습니다. 그래서 몸이 움직일 때마다 주변의 신경을 건드려 발생하는 어지럼증세입니다."

나는 어떻게 돌이 밖으로 빠져나올 수 있느냐고 물었다. 의사는 몸이 허약하고 건강상태가 안 좋을 때나 심한 머리의 회전으로 발생하는 경우라고 했다. 그 돌이 원위치로 들어갈 때까지 입원 치료를 받아야 한다며 입원하라고 했다.
나는 또 하나의 회귀한 병을 아내로부터 알게 되었다.
그때부터 아내에게는 복용약도 처방해 주지 않고 링거도 꽂지 않았다. 조금 후에 수련의가 작은 나무망치 하나를 들고 들어와 돌이 빠져나왔다는 쪽의 뒤통수를 톡, 톡, 톡 두드리며 내게 시범을 보였다. 그리고 나더러 그렇게 계속 두드려 주라고 했다. 액체 중에 부유

여보야, 이젠 사랑만 하자

하고 있는 돌이 제자리에 들어가도록 두드려 줘야 한다고 했다.

"뭐 이런 마구잡이 처방이 다 있어!"

하며 나는 속으로 비웃었다.

"수술이나 약물로 치료하지는 않나요?"

하고 물었다. 의사는 조금도 지체하지 않고,

"지금까지 이외에 다른 치료법이 없습니다."

라고 대답했다.

"얼마 동안이나 두드리면 돌이 제자리에 들어가나요?"

하고 나는 또 물었다. 의사는 이번에도 지체하지 않고

"그것은 알 수가 없습니다. 환자의 체질에 따라 다릅니다."

나는 더 이상 무엇을 묻고 무슨 답을 들을 것도 없었다.

그날 밤에 나는 아내가 어지럽다고 신음하는 정도에 따라 밤새도록 아내의 뒤통수를 두드리다가 아내가 잠든 듯싶으면 슬그머니 망치를 놓고 졸기를 반복했다.

자유분방하게 부유하고 있던 돌이 제 위치로 들어간 그 이튿날 오후까지 망치질을 했다.

실컷 얻어맞고 제자리로 들어갔는지 아내가 어지럽다고 하지 않자 퇴원 처방이 내렸다.

참 희한한 돌멩이다

그 좁은 틈새를 빠져나와

그렇게도 헤엄치고 싶었을까

Episode 02
저, 위암이래요

오락가락 진단에 생고생만

일차 검진

2001년 6월 말경에 건강관리공단에서 실시하는 공무원 신체검사 통지서를 받았다.

그해는 홀수 해라 생년이 홀수인 공직자들과 배우자들이 검진 대상이었다.

여성의 경우 기본검사는 무료이고, 위장내시경, 자궁암, 유방암 등의 검진을 원하는 사람은 검진비의 반을 의료공단에서 부담해 준다는 내용이 기재되어 있었다.

그동안에도 매번 같은 내용의 공문을 받았지만, 아내는 기본검사만 받아 왔었다. 그러나 올해에는 아내도 오십이 넘어서 추가항목 검사까지 받아 보는 것이 좋겠다는 생각이 들었다. 아내도 나와같은 생각이어서 7월 중순에 종합검사를 받았다.

그런데 검사받은 그 주에 우리 부부는 중국여행을 떠나게 되어있었다. 한국공학한림원의 하계 회원사 방문프로그램으로 중국 상해지구에 있는 S전자를 3박 4일간 방문하는 여행이었다.

귀국한 다음 날 검사결과를 보기 위해 아내는 병원에 가고, 나는회의가 있어서 학교에 갔다.

몇 시간 후에 아내가 안 좋은 목소리로 전화를 했다.

위내시경 검사에서 조직검사를 실시했었다는 말을 그제야 내게했다. 조직검사결과는 위염으로 나왔지만, 위내시경 검진 의사는위암 초기 증세일 가능성이 높다고 했다는 것이다.

나는 그 청천벽력 같은 전화를 받고 병원으로 달려갔다. 누구의말을 믿어야 좋을지 아내와 나는 당황할 수밖에 없었다. 나는 재검진을 해 보자고 아내를 우선 안심시켰다. 그리고 소화기내과 과장님을 만나 긴급으로 재검 예약을 했다.

이차 검진

그리하여 다음 날 아침에 내시경 검사와 조직검사를 다시 받았다.

그날 위내시경 검사에는 나도 참관하여 검사 과정을 컴퓨터 모니터를 통해 보았다.

조직검사시료를 채취한 지 얼마 되지 않아 부위가 붉게 부어 있었다. 거기에서 시료를 다시 채취할 때마다 붉은 피가 주르르 흘러내렸다. 이런 광경을 처음 보는 나는 정말 참담한 심정이었다. 그래도 이번 검사에서는 이상이 없다는 정확한 판정이 꼭 나와 주기를 바라는 간절한 마음뿐이었다.

과장님은 나와 친숙한 사이였고, 아내도 그 과장님의 처방약이 잘 듣는다고 내과 진료를 오랫동안 받아 왔었다. 과장님은 일주일 후에 나오는 재검 결과를 기다리는 동안 우선 복용하라고 며칠 분의 위염 치료약을 처방해 주었다.

다음 날 해부병리학실의 잘 아는 과장에게 아내의 조직검사에 대해 말해 주었다. 그리고 이번 두 번째의 검사에서는 보다 정확한 검사를 해 달라고 부탁까지 했다.

4일 후에 나는 검사결과가 궁금하여 과장에게 문의했다. 그 과장은 시료를 보다 세분하여 정밀검사를 했고, 실의 전 의료진이 위염 증세로 판정했다고 했다. 그리고 일차 때 검사한 조직도 다시 정밀하게 재검사해 봤지만, 결과는 마찬가지였다고 설명해 주었다.

나는 이 사실을 아내에게 먼저 전화로 알려 주고 안심시켰다. 그리고 일주일이 되던 날 아내와 이차 검사결과를 보기 위해 병원으로 갔다.

이번에도 소화기내과 의사들은 조직검사결과와는 달리 위암 초기일 확률이 높다고 했다.

그러나 조직검사결과가 위염으로 판정되었으니 우선 위염 치료

여보야, 이젠 사랑만 하자

를 해 보자고 내과 과장님이 말했다. 그리고 한 달분 약 처방을 해 주며 한 달 후에 다시 내시경 검사를 해 보자고 했다.

아내와 나는 내시경 검사 소견과 조직검사결과가 두 번이나 다르게 나와 어느 쪽을 믿어야 할지 불안했다. 그래도 조직검사로는 확인되지 않은 것으로 보아 급하거나 심한 상태가 아니라는 생각에 조금은 안심이 되었다. 그리하여 우선 한 달간 약을 복용한 후에 다시 검진을 해 보자는 과장님의 의견을 따르기로 했다.

삼차 검진

한 달 후에 다시 내시경 검사를 받으러 갔다. 이번에는 위염이 완전히 치료되었기를 바라는 마음으로 내시경실로 들어갔다.

내시경 검사를 한 후 과장님은 밝은 얼굴로 아내에게 축하한다고 했다. 위염이 깨끗하게 치료되었다고 약 처방도 해 주지 않았다.

우리는 "감사합니다." 인사를 거듭하고 기쁜 마음으로 내시경 검사실에서 나왔다.

아침을 굶고 온 아내와 나는 병원 지하에 있는 구내식당으로 가고 있었다. 그런데 내시경 검사실 여의사가 우리를 불러서 다시 내시경실로 되돌아갔다. 과장님은 우리에게 미안하다는 말부터 했다. 조직검사 한 부분을 오후에 다시 내시경검사를 해 보자고 했다.

방금 내시경 검사를 했는데, 오후에 다시 내시경 검사를 해 보자는 과장님의 말에 아내와 나는 의아했다. 동일한 위내시경 검사를 한 달 반만에 세 번이나 했는데 오후에 또 하자니….

진료에 대한 우리의 신뢰가 깨져 갔다. 그래도 환자의 입장에서 다시 해 보자는 과장님의 말을 따르는 수밖에 없었다.

이 해프닝은 일·이차에서 조직검사를 했던 부위를 이번 삼차 내시경 검사에서 보지 않았던 것이다. 그리고 아내가 내시경 검사실에서 나온 후에 차트를 더 넘겨보다가 자기의 실수를 발견했던 것이다. 이 중한 내시경 검사를 세 번이나 하면서 이럴 수가 있나 싶어 아내보다 내가 더 화가 났다.

사차 검진

아내와 나는 오후 두 시 반까지 굶고 병원에서 시간을 보내다가 다시 내시경실로 갔다.

과장님은 자기의 실수에 대한 책임감이 무거워서였는지 소화기내과의 젊은 의사를 불러들였다. 그 의사는 오전 진료를 마치고 오후에는 진료가 없어 외부에 나가 있다가 전화를 받고 들어왔다.

나는 이번에도 내시경 검사 과정을 컴퓨터 모니터에서 보고 있었다.

불려 온 젊은 의사는 보자마자 위암 초기라고 확실하게 자기의 진단 소견을 말했다. 그리고 이 정도의 초기는 수술하지 않고 레이저로 치료하면 된다고까지 했다. 나는 레이저로 위암을 치료할 수 있다는 말을 처음 들었다.

같은 병원에서 세 번째로 조직검사와 상반되는 진단 소견을 들었다. 나는 마음이 착잡하여 복도로 나와 아내가 나오기를 기다리고 있었다.

아내와 나는 아침에 오면서 이번에도 검사결과가 엇갈리면 서울에 있는 종합병원으로 가자고 했었다. 그런데 내시경실의 여의사가 나와서 조직검사를 다시 하기 위해 시료를 또 채취했다고 말했다. 나는 같은 조직검사를 한 달 반 만에 세 번이나 하는 것이 미덥지 않고 화가 났다.

"아니, 지금 환자를 실험하는 것이요, 치료하는 것이오? 같은 병을 놓고 한 달 반 동안에 내시경 검사를 네 번이나 하고, 조직검사를 세 번이나 하고 있으니 도대체 믿을 수가 없구먼…."

나는 안에서 들릴 정도로 큰소리로 여의사에게 호통을 쳤다. 더이상 이 병원에서 검진 받으면 안 되겠다는 생각이 들었다.

결국 아내와 나는 아무런 처방도 받지 않고, 집으로 돌아왔다. 그리고 그 후의 조직검사결과는 지금까지도 알아보지도 않았다.

위암입니다

집에 돌아와서 곧바로 서울에 있는 여러 종합병원에 예약을 시도했다. 보통 이삼 개월을 기다려야 했다. 그래도 S대학병원에 한 달

반 뒤로 예약을 잡을 수가 있어서 다행이었다.

조직검사로는 아직 위암으로 판정되지는 않았지만 기다리는 마음은 시간이 갈수록 더 초조해 갔다. 나보다도 장본인인 아내는 더욱 긴장과 초조감으로 예약일을 기다리고 있던 중이었다.

서울에서 벤처기업을 운영하는 막내처남이 사업차 전주에 내려왔다가 집에 들렀다.

아내는 처남에게 위 검진 과정을 말해 주었다. 처남은 누나의 얘기를 듣자마자 S대학병원 소화기내과에 친구 의사가 있다고 했다. 구세주를 만난 듯이 참으로 반가웠다.

다음 날 처남이 서울에 올라가 곧바로 친구 교수를 만나 누나의 위내시경 검사와 조직검사결과에 대해 설명해 줬다. 친구가 얘기를 듣자마자 자기 진료실로 직접 오라고 했다는 연락이 왔다. 그것도 예약도 없이 3일 후로 일정을 잡아 줬다고 했다. 정말 기적 같은 구원의 소식이었다.

나는 그동안 아내의 진료기록 사본과 내시경 사진 CD를 준비해 아내에게 주었다.

아내는 검사 전날 오후에 서울에 올라가 아침 일찍이 처남과 함께 S대학병원에 갔다.

교수는 소화기내과 전문의들을 업무 시작 전에 소집하여 아내를 기다리고 있다가 아내가 도착하자 바로 위내시경 검사를 시작했다고 전화가 왔다. 전주에서 삼차에 걸쳐 실시한 내시경 검사 소견과

여보야, 이젠 사랑만 하자

두 번의 조직검사결과가 다르게 나와 있어서 정확한 검진을 위해 시간이 많이 걸렸다고 했다.

검진을 받고 내려온 아내와 나는 일주일 후에 좋은 결과가 나오기만을 기원하며 초조한 일주일을 보냈다.

검진 결과를 보러 가는 날 새벽에 승용차를 몰고 S대학병원으로 갔다.

K교수 진료실 문 앞에 앉아 있는 우리 부부가 오직 듣고 싶은 한마디는 "암이 아닙니다." 이 말뿐이었다.

이윽고 아내의 이름이 호명되어 교수 진료실로 들어갔다. 그 교수는 아내의 진료 차트에 기록된 조직검사결과와 내시경 사진을 번갈아 보더니,

"위암입니다."

교수의 입에서 나온 말이었다.

우리 부부가 일주일 내내 간절히 기도하며 제일 듣고자 했던 말과는 정 반대였다.

전주에서 서로 다른 진단으로 우리를 애태우며 노심초사하게 했던 진단 결과가 S대학병원에 와서야 확실하게 판명되었다.

아내와 나는 한참 동안 할 말을 잊었다.

"조직검사도 그렇게 나왔나요?"

내가 불쑥 물었다.

"예, 조직검사에서도 암세포가 발견되었습니다."

결국 S대학병원에서는 내시경 검사와 조직검사결과가 동일하게 나온 것이다.

이젠 더 이상 어디에서 검사를 더 해 보고 싶지도 않았다. 아내와 나는 그 결과를 받아들이면서도 망연자실했다.

그 순간에 나는 전주에서 소화기내과 젊은 의사로부터 들은 말이 생각나,

"위암 초기에는 수술하지 않고 레이저로 치료가 가능하다고 하던데 아내의 경우에는 어떻습니까?"

라고 물어봤다.

"예, 이와 같이 초기인 경우에는 내과에서 레이저로도 치료가 가능하지만 암세포의 전이 여부를 모르기 때문에 수술이 보다 확실한 치료 방법입니다."

라고 설명해 주며 우리에게 치료방법을 선택하라고 했다.

"지금 레이저로 치료했을 때 만에 하나 완치되지 않으면 후에 수술하는 것은 늦어서 위험하지 않나요?"

내가 재차 물었다.

"이 정도 초기의 경우는 레이저 시술로 완치가 안 된다 해도 몇 개월 후에 수술해도 문제되지 않습니다."

라고 설명해 주는 K교수의 말을 듣고도 아내와 나는 어느 쪽으로도 결정을 내리지 못했다. 그러자,

"오늘 저녁에 상의하셔서 내일 알려 주시지요."

라고 K교수가 우리에게 권했다.

여보야, 이젠 사랑만 하자

아내가 7월 중순에 검진을 받기 시작하였는데 확실한 진단결과를 받은 그날은 12월 초순이었다. 지방 병원에서 애매한 검사만 받느라 생고생하며 다섯 달을 허송했던 것이다.

밖에는 12월의 짧은 해가 이미 지고, 어두운 거리는 가로등이 켜지고 있었다.

다음 날 아침 일찍이 우리의 결정을 K교수에게 말해 주고 수술 일정을 예약해야 하기 때문에 병원 근처에서 숙박을 해야 했다.

퇴근시간이 겹쳐 교통이 제일 혼잡한 시간이었다. 게다가 병원 근처에서는 숙소가 없어 지리도 모르는 서울 거리를 한참 헤매고 다녔다. 멀리 자그맣게 보이는 모텔 간판을 보고 무조건 들어갔다.

모텔은 낡아서 시장 골목의 여인숙이나 다름없었다. 방 창밖에는 얼기설기 뭉친 낡은 전깃줄로 겹겹이 묶인 전선주가 가로막고 있었다.

전선뭉치를 스쳐 가는 매서운 바람소리마저 우리의 가슴을 초조하게 얼렸다.

레이저 치료는 간단한 치료방법이지만, 완치된다는 확실한 보장이 없고 전이 여부도 알 수 없다고 했다. 반면 수술은 암 초기에도 위의 75%를 제거한다고 하니 수술 후에 받을 고통과 식생활 문제가 걱정이었다. 그래도 수술이 보다 확실한 치료방법이라고 하니 아내는 그 방법을 원하는 눈치였다. 자정이 넘도록 고심하여도 아내와 나는 시원한 결론을 내리지 못했다.

결국 아침 식사를 하면서 수술을 하자는 결론이 내 입에서 나왔다.

업무시간 전에 병원에 도착하여 K교수 진료실로 곧장 들어갔다. 수술을 하겠다고 하자 K교수가 직접 외과의 위수술 전문교수에게 연계시켜 주었다. 우리는 곧바로 외과에 가서 예약을 하고 수술에 필요한 지침도 받았다.

그런데 수술대기 예약 환자들이 많아 수술 일정이 잡혀도 입원실이 나와야 수술을 받을 수 있다고 간호사가 설명해 줬다. 그리고 입원실이 나오는 대로 연락해 줄 테니 어느 때라도 올라올 수 있도록 준비해 놓고 기다리라고 했다.

어찌해 우리에게
하필이면 연약한 아내에게…
아내가 이 잔을 마셔야 하나요?
하나님이시여!

달콤한 잔을 원하지도
많고 좋은 것만을 원하지도
차마 못 했던 우리인데…

그냥, 먹을 만큼만
가질 만큼만
웃으며 건강하게 살기를 소원했어도
그것이

　　　　　　　　　여보야, 이젠 사랑만 하자

오히려 잘못이었나요?

잘못된 곳이
부족한 곳이
고쳐야 할 곳이
아내의 작은 몸에 그렇게도 많이 있나요?
남편은 간병사 자격증도 없습니다

나는 고속도로를 굴러가는 차 핸들을 잡고 있지만, 내 머릿속은
늦가을 쑥대밭이었다.
누가 무심코 담배꽁초라도 버릴까 나도 겁이 났다.

S대학병원에 입원

전주에 내려와 언제라도 연락이 오면 올라갈 준비를 다 해 놓고
전화만 애타게 기다리고 있었다. 두 주가 넘어가도 감감소식이었다.
하루하루를 초조하게 기다리는 아내 못잖게 나도 초조하고 속이
타기는 마찬가지였다.
기다리다 못해 간호사실로 내가 먼저 전화를 걸었다. 간호사는
우리를 잘 기억하고 있었다.
자기들도 입원실이 나오기만을 기다리고 있다고 했다. 대부분 환

자들이 삼등실이나 이등실을 원하고 먼저 예약한 환자들이 많고, 입원 환자들이 퇴원해야 빈자리가 나온다고 했다.

아내와 나는 될 수 있으면 2001년 그해가 다 가기 전에 수술받기를 원했다.

간호사에게 내가 다급하게 부탁을 하자 간호사가 망설이다가 일등실이 오늘 오후에 비는데 거기에라도 입원하겠느냐고 물었다. 그것은 우리가 이등실로 예약을 했기 때문이다. 나는 바로 그렇게 하겠다고 했다. 그러자 오늘 늦게라도 입원할 수 있도록 조치해 놓을 테니 올라와 입원하라고 했다. 그때가 12월 26일 오전 11시 반경이었다.

우리는 미리 챙겨둔 가방들을 차에 싣고 12시경에 서둘러 출발했다. 될 수 있으면 근무시간 안에 도착하기 위해 나는 고속도로에서 시속 150㎞의 속도로 차를 몰았다. 옆에 탄 아내는 수술에 대한 걱정보다 행여나 사고 날까 봐 더 겁을 먹고 있는 눈치였다.

도착하자마자 입원 수속을 마치고 간호사의 안내로 일등실로 들어갔다. 그런데 시설이 기대와는 달리 좁고 낡아 있었다.

"이게 무슨 일등실이야, 시장통에 있는 여인숙이나 마찬가지구먼…"

라고 혼자 말로 중얼거리자 옆에 있던 간호사가,

"건물이 오래되어서 시설이 조금 그래요."

라고 받아넘겼다.

여보야, 이젠 사랑만 하자

서울에서 대학에 다니는 막내아들은 왔다가 늦은 시간에 숙소로 돌아가고 아내와 나는 병실에서 입원 첫날밤을 보냈다.

전주에서 애매한 진단으로 몇 달 동안 고생하다가 결국 S대학병원까지 오게 된 것을 생각하니 나는 너무 속이 상했다. 이것이 지방에 사는 사람들이 감수해야 하는 핸디캡이라고만 치부하기에는 억울하고 어이가 없었다.

소위 대학교수가 이렇게 어려움을 겪는데, 나보다 더 어두운 시골 사람들이 아플 때에 억울하게 고생하는 일들이 얼마나 많을까 싶었다.

그동안 주변 사람들이 우리와 유사한 경험을 했다는 이야기를 들을 때마다 나는 의아했었다. 그런데 이젠 우리 부부가 그 주인공이 되었다.

시간 낭비, 경제적 손실, 육체적, 정신적 고충 등은 모두 지방에 사는 사람들의 몫이었다.

연말연시 연휴 기간은 다가오는데 교수와 수술 일정이 잡히지 않아 답답하고 초조했다.

내시경 검사, CT 촬영, 혈액 검사 등등, 수술 예비 검사만 4일 동안 받으며 수술 날짜만 기다리고 있었다.

드디어 2001년의 마지막 날인 12월 31일 오전으로 수술 일정이 잡혔다.

한 해를 마무리하는 마지막 날, 연휴 기간에 수술을 집도해 준 Y교수가 정말 고마웠다. 나는 이 지면을 빌어,

"업무시간 전에 출근하여 아내의 위내시경 검사를 해 주신 S대학병원 소화기내과 K교수님과 2001년도 12월 31일 오전에 수술을 집도해 주신 외과 Y교수님에게 진심으로 감사를 드립니다."

아내는 인간이 제일 두려워하는 질병, 암 수술을 하루 앞두고 불안과 외로움이 엄습해 오는 힘든 시간을 보내고 있었다.

아내를 옆에서 보고 있는 나는 그 시간에 구약시대의 욥이 생각났다.

욥이 후에 받을 몇 배나 더 많은 축복을 하나님이 약속해 주고, 대신 온 가족과 가축, 그리고 모든 재물을 다 빼앗아가겠다고 했다면 그 시험을 감수하겠다고 했을까? 그리고 본인도 험한 질병으로 고통을 받으며 형제들과 친구들, 심지어 아내로부터 쏟아지는 불경스러운 모욕을 감수할 수 있었을까? 그렇다면 욥은 축복은커녕 오히려 중한 심판을 받았어야 할 것이다.

인간은 내일을 예약할 수 없는 무능한 존재다. 그런데 후에 세상에서 누릴 더 많은 것을 얻기 위해 생명까지도 내놓을 수가 있겠는가?

포악한 짐승도 악마도 그렇게 하지는 못할 것이다. 욥은 후에 받을 축복은 조금도 예기치 않았고, 오직 하나님을 경외하고 흔들리지 않은 믿음이 전부였을 것이다.

여보야, 이젠 사랑만 하자

내가 지금 할 수 있는 것은

눈에 보이지 않고

손에 잡히지도 않고

외쳐 봐도 대답 없는

그분에게 기도하는 것뿐이다

창틈으로 새어 드는 자동차 소음도

요란하게 반짝거리는 네온사인도

다급히 복도를 뛰어다니는

간호사들의 발걸음 소리도

가둬 버린 내 가슴의

고독의 창을 깨뜨리지 못한다

운명으로 얽혀진 8남매 형제들

어우러져 웃으며 살던 이웃들

개구쟁이 같던 친구들

모두 이 방에 몰려와 북적거려도

나는

여전히 고독의 올무에서

벗어나지 못할 것이다

차라리 아무도 모르게

이 순간 창 안에 혼자 갇혀 있고 싶다

아내의 친정에도 알리지 못하게 하고
서울에서 공부하고 있는
장남에게도 알리지 않았다

내가 견뎌야 하는 시험을
혼자 운명으로 받아들이려 했다
혹자들이 그것을
잘못된 옹고집이라고 힐난할지라도…

누가 준 배짱이었을까!
아내가 잘못되리라는 생각은
처음부터 들지 않았던 그것이
내가 그랬던 이유이었다고 말하면
변명이라고 비웃을지라도
그 내 마음은
지금도 변함이 없다

여보야, 이젠 사랑만 하자

수술실 문 앞에서

2001년 12월 31일, 디데이
아침 일찍이 간호사들이
아내를 데리고 가
체온과 혈압 등… 최종 점검을 했다
그리고 내시경실로 내려가
위 수술 부위에 핀을 꼽고
코에 호스까지 꼽았다

"수술은 저명하신 교수님이 집도하시니까
조금도 염려하시지 마세요."
아무 말도 아무것도 못 하고
바라만 보고 있는 남편 대신
아내를 안심시키는 말은
의사와 간호사가 다 해 줬다
목석같이 그 옆에 서 있는 남편은
두근거리는 제 가슴도 억제하지 못했다

10시 20분경에
아내는 하얀 시트로 가슴까지 덮이어
링거를 달고

일층 수술실로 내려갔다
침대를 잡고 따라가는
막내아들과 나는…

기다리고 있던 의사 간호사들이
수술실 문 앞에서 잠시 멈춰 세우고
아내를 몇 번이나 더 안심시켰다

방금까지 아내는 나와 막내아들에게
강하고 태연한 모습을 보이려 애써 오더니
꼭 잡고 있던 내 손을 놓으며
가슴 속 깊이 숨겨뒀던 눈물을 보이며
자기와의 약속을 깨고 말았다

거기에서 나는
"염려 마! 하나님께서 깨끗이
치료해 주실 거야!"
목사다운 이 말 외엔
아무 짓도 못 하는 남편이었다

더 이상 못 따라온다는 무언으로
우리를 가로막고

여보야, 이젠 사랑만 하자

침대를 수술실로 끌고 들어갔다

그리고

큰 두 문짝이 자동으로 닫혀 버렸다

아직 부모 형제 중에 암으로 고생하거나 수술을 받아본 적이 없는 나는 처음으로 수술실 문 앞에 서 있는 보호자가 되었다.

목석같이 살아온 남편도 아내가 누워 있는 침대가 끌려 들어가는 수술실 문 앞에서는 참담한 심정에 붉어진 눈시울을 감춰야 했다. 그리고 엄마의 침대를 잡고 따라온 건강이 좋지 않은 막내아들마저 내 가슴을 더 아리게 했다.

세 시간이면 수술이 끝난다고 했지만, 그 세 시간 동안 교차되는 초조와 긴장은 이 위대한 자리에 있어 봐야 알 수 있을 것이다.

나는 수술실 앞에서 서성이다가, 대기실에 들어가 앉아 있다가, 병실로 올라갔다 하기를 거듭하며 시간을 재촉하고 있었다.

아내에게 친정 누구에게도 알리지 못하게 했었는데, 어제 장모님에게 나도 모르게 전화를 했었나 보다.

장모님은 몇 십분 택시도 못 타는 극성스런 차멀미에 요즘은 거동조차 힘들 정도로 건강이 안 좋으셨다. 서울에 올라오실 엄두도 못내고, 대전에 사는 큰딸에게 알려 처형 부부가 올라와 병실에서 만났다. 나는 아내의 그동안의 진료 과정을 처형 부부에게 대충 얘기를 해 주고 동서와 수술실 보호자 대기실로 내려왔다.

수술 완료 예상시간이 넘어가는데 아내의 이름이 아직도 '수술
중' 전광판에 켜져 있었다.

조금은 불안한 생각이 들기도 했지만 그리 크게 걱정하지는 않
았다.

동서와 내가 병실로 잠시 올라온 사이에 막내아들로부터 아내의
수술이 끝나 회복실로 옮겨 갔다는 전화를 받고 바로 내려갔다.

아내가 '회복실'에서 속히 회복되기를 기다리고 있는데 예상보다
지연되었다. 그런데 병실에 있던 처형이 아내가 병실로 옮겨 왔다고
전화를 했다. 나는 고층에서 내려오고 있는 엘리베이터를 기다리지
못해 계단으로 4층까지 뛰어 올라갔다. 전광판에서 지워져야 할 아
내의 이름이 계속 켜져 있었던 것이다.

아내는 마취에서 깨어난 직후라 통증을 견디지 못해 몸부림치고
있었다. 통증을 완화시키기 위해 강한 진통제를 투약하지만, 여전
히 통증은 가라앉을 기미가 보이지 않았다.

간호사가 오더니 손목에 차고 있는 작은 기구의 보탄을 15분마다
눌러 진통 주사약을 투입시켜 주라고 알려 주었다.

심한 진통에 시달리던 아내가 두 시간쯤 지나서야 진통제에 취했
는지 잠이 들었다. 그사이에 처형 부부는 내려가고 그때부터 나는
아내의 무자격 간병사가 되었다.

하나님이시여!
아내는 위를 삼분의 이나 떼어 냈답니다

여보야, 이젠 사랑만 하자

저는 옆에서 막지도 못했습니다
무능한 남편이지요?

제가 할 수 있는 일이 무엇이라도 있나요?
병수발 한답시고
식사 쟁반이나 날라다 주고
물통에서 물이나 받아 오고
화장실 갈 때에 부축해 잡아 주고
통증을 못 견뎌 신음하면
간호사 불러 진통제나 놓아 달라고 하고
회진할 때마다
"잘 회복되고 있습니다."
당연한 그 소리나 들어 주고
아내의 링거걸이 잡고 복도나 같이 걷고
언제쯤 퇴원할 수 있느냐고
밉상스런 질문이나 하고
병원비 계산하느라 카드나 긁어 대는
그런 남편 말고요…

5114호실에서 송구영신

2001년 12월 31일
해넘이가 땅거미를 짙게 물들여 갔다
아내가 수술실에서 몇 시간 전에 나온
망년의 밤이다
아내와 나는 이 밤을
S대학병원 5114호실에서 적막하게 맞는다

한 해 동안 찌든 고뇌의 때는
훑어서 북풍에 날려 버리고
정 담은 잔에 부어 밤새도록 마셔도
짧기만 한 이 밤인데…

나는 잊어야 할 것이 너무도 많아
병실에서 '망년!'
망년만 가슴속으로 되뇌고 있다
아내도 비몽사몽 진통을 하며
나처럼 망년, 망년하고 있겠지…

여보야, 이젠 사랑만 하자

와이 투 케이 원[1]은
꼬오옥 망년해야 돼

교회와 성당에서는
이 한 해 동안 겪은 노怒와 애哀는
영구히 송구하고
희喜와 낙樂은 기쁨으로 영신하라고
축도해 주겠지!

우리 부부도 이 병실에서나마
그렇게 송구영신을 외치면
하늘은 문을 활짝 열고 들어주겠지

나는 지금 5114호실에서 희락 두 가지보다
아내의 건강부터 주십사 기도한다

서울시청 광장에는 제야의 종이 울리고
새해의 여명을 깨울 함성이 울려 퍼지고
검은 그림자를 걷어가 버릴
확실한 그 시간이 다가오고 있다

----

1) Y2K1: 2001년

열, 아홉… 셋, 둘, 하나!
목 터져라 함성이 울리면
백두대간이 흔들거리고 하늘이 열릴 거야!
붉은 태양도 번쩍 눈을 뜨고
와이 투 케이 투[2]의 여명을 밝혀 주려고
초침까지 맞춰 놓았을 거야!

우리도 꼭두새벽에
5114호실 창문을 열고 두 팔을 크게 벌려
새 태양이 솟아오르거든
힘껏 끌어안자!

정동진은 여기 한양 높은 집에서
곧은 선 따라 동으로 가면 땅끝에 있다는데
정월 초하루 이른 아침에
해돋이 맞으러 거기에 간 연인들은
무엇을 송구할까?
무엇을 영신할까?
5114호실에서 송구영신하는
무자격 간병사와 같은 이도 있을까?

---

2) Y2K2: 2002년

여보야, 이젠 사랑만 하자

한양 높은 집 뒷산 정수리에서
정동진 뒷산 꼭대기까지 케이블카를 놓아
우리의 송구할 것들을
쌍 도르래에 실어 보내자

내일 아침 회진시간 전에
우리가 꼭 영신해야 할
새 소망만 가득 싣고 올 거야!
제이 원, 와이 투 케이 투[3]
꼭두새벽에…

아내가 수술 받은 지 하루도 안 지났다
그런데 해가 바뀌었다
병실에 걸린 임오년壬午年 달력이
내 나이가 만 육십이라고 알려 주었다

발이 닳도록 뛰어다니다가
세월이 흐르는 줄도 모르고
육십갑자를 넘겼다
그리 뛰어다녀 나는 무엇을 이뤘나…

---

3) J1, Y2K2: 2002년 1월 1일

엊저녁에 전국적으로 눈이 내렸다. 동해안으로 떠났던 일출 맞이 객들은 구름 덮인 동쪽 하늘만 바라봤다는 새해 아침 뉴스였다. 그리고 이번 겨울 들어 가장 춥다는 정월 초하루의 일기예보였다. 정동진과는 달리 5114호실 창으로 보이는 서울 하늘에는 태양이 찬란히 빛나고 있었다.

방송에서는 초이튿날에도 강추위가 계속된다는 일기예보를 계속 내보냈다. 남쪽에서 올라온 시골 부부에게 서울의 동지섣달 강추위 맛을 제대로 보여 주려나 싶었다.

무자격 간병사는
아내의 심 호흡기를 매시간 마다
10분씩 작동해 주고
수시로 소변주머니를 비워 주고
이쪽저쪽으로 돌려 뉘어 주고
침대를 상하로 조절해 주고
화장실 가는데 부축해 주는
간병요령을 터득해 갔다

"니가 그녀의 남편이지?"
모레부터는 그녀의 링거걸이 잡고
걸음마를 도와주라는 명도 받았다

여보야, 이젠 사랑만 하자

오늘이 정월 초사흘, 작년 12월 26일에 서울에 올라와 병실에 거주한 지 벌써 아흐레째다.

참 우리 부부가 고속도로를 질주해 S대학병원으로 달려오던 그날은 대한민국 정부가,

"너는 12월 26일에 세상에 태어났다."

고 공인해 준 날이었구나!

빈집으로 홀로

내 연구실 책상 위에는 연말에 처리했어야 할 서류들이 쌓여 있겠지. 연구보고서 독촉공문, 학위논문 심사서, 학년말고사 시험지, 연말소득정산서류 등등….

아내는 수술한 지 4일째 되면서부터 눈에 띄게 회복되어 갔다. 그래서 밀려 있는 업무 처리를 위해 막내아들에게 간병을 맡기고 오전에 집으로 내려왔다.

아흐레 전에 아내와 긴장하며
고속 질주했던 그 도로를
오늘은 혼자서 멍하니 달려간다

가 봐야 기다리는 아무도 없는

우리 집을 향해 페달을 밟고 있다
옆 차로로 휙휙 스쳐 한양 가는 차들은
누구와 함께 어디로 가는지
아흐레 전 나와는 다른 곳이겠지…

부디
기다리다가 반겨 주는 임이 있는 곳
좋은 일만 있는 곳
만나서 행복해지는 곳
"야, 얼마만이야!
너, 참 건강하게 보인다!
너, 참 신수가 좋아 보인다!
가족들도 건강하지?
너는 하는 일마다 잘 되는구나!"
그런 얘기들이 꽃피는 곳으로 가겠지!
꼭 그런 곳으로
차들아, 임 싣고 달려가라!
나는 텅 빈집으로 홀로
할 일 있어 내려간다

요사이 강추위에
얼어 터진 곳이라도 없는지

여보야, 이젠 사랑만 하자

누가 와서 벨이라도 눌렀다가
대답 없어 뒤돌아보며 그냥 갔는지

좁은 편지함에는
내 편지, 아내 편지로 가득 찼겠지
소포라도 왔으면 경비실에 맡겼겠지
등기라도 왔으면
우체국으로 오라고 메모는 남겼겠지
'어전트'는 없었어야 할 텐데

국내에서, 외국에서
그리워하던 친구들이
새해 연하카드에 "해피 뉴 이어!"
정성 담아 써서 사각봉투에 넣어
'씰'도 붙여 보냈겠지

오늘 밤엔 혼자나마
그 편지 다 읽으며 외로워하지 말자
그리운 친구들에게
늦은 인사 카드라도 써 보내자

편지함은 예상했던 대로 우편물로 가득 차 있었다. 주섬주섬 꺼내어 가방에 넣고 올라와 비밀번호를 눌렀다. 며칠 만에 들어오는 주인 나리를 반기기는커녕 텅 빈집 안에서는 섣달찬바람만 휘돌았다.

퇴근하여 집에 오면 몸집이 작은 아내가 혼자 있어도 온 집 안에 온기가 가득했는데….

집 안은 가족 훈김으로 데워지고 아내 하나로도 그득해지니 사랑하는 가족과 임이 있기 때문이라!

밖에 나가 순대국밥에 소주 한 병을 다 마시고 들어왔다. 사실 동지섣달 독수공방 고독이 나를 엄습할까 두렵기도 했다.

소주 한 병 덕분에 주섬주섬 꺼내온 우편물들을 다 뜯어보지도 못하고 소파에 기대어 스르르 오늘 하루도 잊어 갈 수 있었다.

다음 날 연구실에 가 보니 예상했던 대로 책상에 쌓인 우편물들이 반갑지 않게 나를 기다리고 있었다.

사람은 바빠야 좋다고 하는데 이렇게 시간에 쪼들려도 좋다는 건가, 할 일이 많아 행복하다는 건가, 지금 나는 좋지도, 행복하지도 않은데….

이틀 동안 쉴 틈 없이 급한 일부터 처리하고 1월 6일 아침 일찍이 S대학병원으로 차를 몰았다.

내가 전주에 내려와 있는 이틀 동안 아내를 간병해 주고 죽까지 끓여다 준 아내의 친구가 있었다. 그분의 고마움을 나는 잊을 수가 없다.

그 부부는 신실한 불교 신자이고 전주에서 정형외과를 개원하여

여보야, 이젠 사랑만 하자

운영하다가 지금은 일산에서 살고 있다.

부군은 불교 철학 박사학위까지 취득할 정도로 불교에 심취해 있는 가정이고, 우리는 기독교 가정이지만, 서로 다른 종교에 대한 선입견이나 이견을 가져본 적이 없었다.

식당에서 소박맞고

이젠 아내가 혼자 걷고 화장실에도 갈 수 있을 정도로 회복되었다.

수술한 지 일주일이 지나도록 물 한 모금 못 마시게 하더니 8일째 되는 날부터 한 시간 간격으로 30cc씩 물을 마시라는 처방이 내려졌다.

그때부터는 병동 복도를 하루면 몇 번씩 걷는 것이 일과였다.

아내는 회복되어 가는 데 반대로 나는 긴장이 풀리면서 쌓인 피로가 한꺼번에 몰려오는 것 같았다. 이제는 별로 힘 드는 일 없이 아내의 병실을 지키는 간병이지만, 병실에서 지내는 것 자체로 피로가 누적되어 갔다.

올라와서 이틀 동안 병실에 있다가 그날 저녁에는 막내아들에게 아내의 간병을 맡기고 나는 아들 방으로 가서 쉬려고 나왔다.

택시를 타고 아들이 기거하는 집 근처에서 내려 걸어가는 좁은 골목길은 엄동설한에 꽁꽁 얼어 있었다. 서울에 사는 친구 누구라도 불러 소주잔에 회포를 풀고도 싶었지만, 차마 다이얼을 돌리지 못했다. 아무리 쓸쓸하고 초조하고 따분한 밤일지라도 그것은 나 혼자 감당해야 할 몫이었다.

우선 저녁밥을 해결하기 위해 이곳저곳 음식점을 기웃거리고 다니다가 삼겹살 굽는 냄새가 진동하는 집으로 들어갔다. 삼겹살 일인분에 소주 한 병 마시고 푹 잠들고 싶어서였다. 음식점에 들어서자,

"몇 분이세요?"

"혼잔데요."

"뭐 드시겠어요?"

"삼겹살 일인분에 소주 한 병 주세요."

"삼겹살 일인분은 안 파는 데요."

나는 제대로 소박맞고 그 집에서 나왔다.

"이젠 무엇을 먹지? 짜장면이나 짬뽕으로 때워?"

혼자 중얼거리며 걸어가는 길가 중국음식점에서 풍기는 짜장면 냄새, 옆 음식점에서 고기 굽는 냄새들이 상한 내 기분을 약이라도 올리듯 진동했다. 그 냄새에 유혹되어 골목 안쪽에 있는 음식점을 찾았다. 이번에는 아예 삼겹살 2인분을 시켜, 다 못 먹으면 남기고 갈 생각이었다.

작은 음식점으로 들어가니 저녁시간이 지나서인지 손님 몇 명만 있고, 종업원들이 한쪽에서 저녁 식사를 하고 있었다. 나는 식당에 들어서며 금시 마음이 바뀌어

"혼잔데, 삼겹살 일인분도 되나요?"

여보야, 이젠 사랑만 하자

하고 이번에는 종업원이 묻기도 전에 내가 먼저 물었다. 식당 주인아줌마가 밥 먹다가 일어서 다가오며,

"앉으세요. 드릴게요."

주인아줌마의 의외의 대답에 혹시 내가 잘못 들었나 싶었다.

혼자서 불판에 삼겹살을 잘라 구워 먹으며 소주 한 병을 다 비웠다. 주인아줌마의 친절에 상했던 기분이 많이 사라졌다. 식당 주인 마님이 나를 잠에 푹 빠지게 해 줬다.

찜질방에서

아내는 혼자 있어도 되니까 밖에 나가 편히 자고 오라고 나에게 권하였다. 그렇지 않아도 피로에 감기 기운까지 겹쳐 타이레놀로 버티고 있었던 참이라 아내의 그 말이 속으로 반갑게 들렸다.

밤 11시가 넘어 병원 밖으로 나와 주변을 두리번거려 봤지만, 호텔이나 모텔 간판은 보이지 않고 멀리 찜질방 간판만 번쩍거렸다.

찜질방에 들어가 목욕도 하고 땀도 빼면 오히려 호텔이나 모텔에 가는 것보다 낫겠다는 생각이 들었다. 온밤을 새기 위해 찜질방에 들어가기도 처음이었다.

찜질방에 들어서자 넓은 바닥 여기저기에 찜질방 옷차림으로 잠든 사람들, 속닥거리며 장난치는 젊은이들, 둘러앉아 술 마시는 사

람들, TV에 빠진 사람들 등등… 가지각색이었다.

이리저리 두리번거리고 돌아다니다가 사우나를 한 시간쯤 하고 나왔다.

잠자리에 들기 전에 잠도 청할 겸 맥주 두 캔과 오징어포를 사가지고 한쪽으로 가서 자리를 잡았다. 새벽 두 시 가까이 될 때까지 한구석에 홀로 앉아 오징어포를 안주 삼아 맥주 두 캔을 다 마셨다.

"그래도 아내를 병실에 혼자 두고 풀려나올 수 있으니 다행이구나!"

새벽 세 시가 다되어 눈을 붙이려고 한쪽에 있는 수면실 쪽으로 가봤다. 겨우 한 사람이 들어갈 수 있는 수면실이 쭉 연이어져 있었다. 한 칸에 한 사람만 들어가 잘 수 있는 완전 독립된 '나 홀로 수면실'이었다.

"참 기똥차게 만들어 놓았다."

나도 모르게 코웃음을 쳤다. 그래도 몇 시간이라도 눈을 붙이고 싶어 살금살금 빈칸을 찾아다니다가 중간쯤에서 머리가 안 보이는 빈칸 하나를 찾아냈다. 다행이다 생각하며 게가 뒷걸음치듯 나도 발부터 밀어 넣고 들어가 누웠다.

눕기가 무섭게 옆에서 '드르렁 드르렁' 코 고는 소리, '뽀드득 뽀드득' 이를 갈다가 '쩝쩝' 입맛 다시는 소리, 잠꼬대하며 구시렁거리는 소리….

이곳이 이갈이, 코골이들의 집합소인지, 코골기 이갈기 경연장인지….

여보야, 이젠 사랑만 하자

"서울에 와서 세상살이 가지가지 경험한다!"

귀를 수건으로 막고 아무리 잠을 자려고 해도 머리는 멍하고 눈 동자는 따로 말똥거렸다.

무호흡중 코골이가 한참씩 숨을 멈췄다가 튜브에서 바람 빠지듯 내뿜는 숨소리에 내 가슴이 답답해 숨이 막혔다.

늦여름에 정자나무에서 번갈아가며 떼로 울어대는 왕매미 소리 는 귀청이 아프게 시끄럽지만 오히려 시원스럽기라도 하지….

견디다 못해 나왔다가, 다시 들어가 누웠다 하기를 몇 번 반복하 고 나니 창밖이 환해졌다.

병실로 돌아온 내 귀는 요란스럽고, 머리는 멍하고, 눈꺼풀은 무 겁게 처져 있었다.

퇴원했다

드디어 2002년 1월 12일 토요일 오전에 주치교수의 퇴원 처방이 내렸다. 퇴원하여 꼭 지키라는 교육도 받았다.

첫째, 음식은 적은 양으로 여러 번 나눠 먹고, 30번 이상 씹어 먹 을 것. 혹시나 음식을 잘못 섭취하여 배탈이 나면 즉시 종합병원 응 급실에 가서 진료를 받을 것.

둘째, 정기검진을 빼놓지 말고 받을 것,

셋째, 걷는 운동을 생활화할 것.

배가 고파 봐야 배고픈 사람의 심정을 알듯이 아내의 귀에 깊이 새겨지는 익히 잘 아는 상식이었다.

주말이라 전주까지 내려오는 데에 교통 혼잡을 피하기 위해 퇴원 수속을 서둘러 마쳤다.

승용차 앞자리 의자를 최대로 눕혀서 아내를 태우고 병원 정문을 나왔다. 복잡한 서울 시내 도로를 빠져나와 남산1호터널을 지나 한남대교를 건너서야 운전대를 잡은 내 손의 긴장이 풀렸다.

내가 고속도로에서 그날처럼 규정 속도 이하로 운전하기도 처음이었다.

전주까지는 반도 못 왔는데, 오후 한 시가 넘었다. 점심식사를 하기 위해 휴게소에 들렀지만, 차멀미까지 겹친 아내의 컨디션은 최악 상태였다. 차멀미에 기력 소진에 소화불량에 아내는 밖에 나오지도 못하고 의자에 그대로 누워 있었다. 막내아들과 나만 간단히 점심을 먹고 아내는 두유만 몇 모금 마시고 다시 출발했다. 저속으로 굴러온 우리 차는 일곱 시간 반이나 걸려 집에 도착했다.

집에 들어가자마자 아내는 기진맥진하여 침대에 누웠고, 구겨 싸온 보따리를 다 풀기도 전에 장모님한테서 전화가 왔다. 퇴원한다는 소식을 듣고 우리가 도착하기도 전에 수차례 집으로 전화를 하셨던 것 같았다.

평상시에도 늘 병치레를 달고 사시는 장모님의 건강이 요사이 더

여보야, 이젠 사랑만 하자

안 좋아지셨다. 딸이 수술하는 병원에도 못 오셨고 까라져 누워 있
는 아내와 통화도 못 하셨다.

풀던 보따리에서 손을 놓고 나는 아내의 침대 옆에서 지나온 오
솔길을 헤매기 시작했다.

우리는 참으로 다른 환경에서 자란
남녀가 만나 부부가 되었다
세상을 지혜롭게 산다는 사람들은
계산이 안 맞는 궁합이었다

우리가 처음 만났을 때에
나는 조교이고 대학원생
그녀는 수간호사
마드무아젤 박은 사모님의 제자
나는 교수님의 제자
그것만이 첫 만남의 정보였다

● ● ●

통행금지가 있던 1970년대에
교수님과 식사하며 마신
반주 몇 잔으로는 기별이 안 가서

클럽에 들어가 생맥주로 입가심하고
다시 포장마차에서
정종대포를 마시는 것이 퇴근길 코스였다
그것만으로는 서운해서
교수님 댁 안방에 들어가
사모님이 차려 주신 술상으로
끝내던 때가 많았다

사모님은 나를 눈치도 없고
여자들이 결혼 대상으로 제일 싫어하는
술꾼이라고 미워하셨을 텐데
교수님이 나를 꽤 괜찮은 놈이라고
과분하게 말씀하셨나 보다
제자를 내게 소개하셨던 것을 보면…

●●●

세상은 폭설로 하얗게 덮였고
맹추위에 얼어붙었던 결혼 전날에
나는 밤잠을 못 이루며 하늘만 바라봤다

찬란한 해가 떠오르던 결혼식 날에는

여보야, 이젠 사랑만 하자

쌓인 눈 더미는 녹아 장마 빗물처럼 흐르고
잠잠하고 포근해진 날씨는
사월 봄날인가 착각했다

우리는
목사님의 주례사를 깊이 새기고
십자가 앞에서 성경책에 두 손 얹고
서로 사랑하며 잘 살겠다고 서약했는데
지금
당신은 침대에 누워 신음하고 있구려!

• • •

내 발은
자갈밭길, 진흙탕길, 가시밭길을
쉴 새 없이 뛰어다녀
굳은살이 두툼히 박였고

내 손은
세상 것 다 잡아 봐서
무엇을 잡아도 상처 나지 않고

내 눈은
세상 것들 두루두루 다 봐서
어떤 것을 봐도 겁나지 않으며

내 귀는
세상 온 소리 다 들어와서
무슨 소리에도 놀라지 않는데

지금은 당신 옆에서
후유…
여린 한숨이 나는구려!

당신 발은
목판 마루, 잔디 마당, 포장길만 걸어서
자갈밭길, 험한 산길에서는 발병이 나고

당신 손은
책장만 넘기고, 붕대만 감아 봐서
텃밭 풀만 매도 상처가 나고

당신 눈은
성경책 든 사람들만 많이 봐서

여보야, 이젠 사랑만 하자

주정뱅이만 봐도 무서워 뒤로 숨고

당신 귀는
찬송 소리, 클래식 음악만 들어와서
육자배기는 무슨 노랜가 하겠지!

그런 당신의 가슴에
지금 붉은 십자가가 안겨 있구려!

오, 주여!
모난 돌이 정 맞듯
우리도 정 맞나요?

● ● ●

처마 밑 셋방에서 시작한 신혼이었지만
우리는 이르게 집도 마련했었지
결혼 이년 되어 득남하고
나는 전임교수가 되어 직장도 안정되었었지!

깨가 쏟아지는 신혼은 아니었지만
그런대로 남들이 부러워하는 가정이었어

그때 나는 힘든 공사들을
나 혼자 설계하여 시공해 가고 있었지만…

책에 묻혀 사는 남자가 뭣이 좋아서
나와 결혼한 당신은
그 남자 뒤에 얽혀 있던 호박 넝쿨은
보지도 못하고 알지도 못했던 거야

여기저기 다 챙기며 살아야 하는
어깨 무거운 남자인 줄도 모르고
내 손에 든 가난한 책가방이
당신 눈에 콩깍지를 씌웠던 거야

● ● ●

결혼은 앞뒤가 다른 환상이
아니, 네 면이 모두 다른 환상이
앞면만 보이는 환상이

그 환상이 속삭여 준다
결혼은 사랑이라고!
행여나 사랑이가 아프면

여보야, 이젠 사랑만 하자

치료해 주는 의사가 있고
약을 제조해 주는 약사가 있다고!

세상이 당신을 속인다면
노하거나 슬퍼하지 않겠는가?
나는 세상을 잘 모르나 보다
푸시킨의 시를 비웃을 때가 많으니까!

참 사랑이는 네 면이 모두 같아
앞면에서 다 보인다
우리는 그 사랑이를 스쳐보며 사나 보다
그래서 사랑이는
우리 곁에서 늘 외롭다
때때로 아프다

● ● ●

환상이와 현실이는
견우직녀보다 더 애처롭다
둘 사이에는 오작교도 없다
영혼만 오가며 사랑을 속삭인다

환상이는 유정 알을 품은 암탉으로
깨를 줄줄 쏟아내는 요술방망이로
현실이를 어지럽게 한다
그래서 현실이가 아플 때가 하도 많다

여보야
환상이가 건너올 오작교를 놓자
암탉과 요술방망이는 안 가져와도
우리가 키울 사랑이만은
꼭 안고 오도록…

아내는 내가 옆에서 독백을 하고 있는 줄을 아는지 모르는지 쉬엄쉬엄 코골이를 하고 있다.

당신은 '비실 비실이'가 아니다

아내는 온순한 인상에 피부는 맑고, 작고 연약한 몸매다. 결혼 전에 아버님께서 처음 보시고 몸이 약하고 왜소하다고 아쉬워하셨다.
농담을 잘 안 하시는 아버지께서 '쪼까니'라고 별명을 붙이시기도 하셨다.
그리고 나는 결혼 후에 잔병치레가 많고 허약한 아내를 '비실 비실이'이라고 별명처럼 불렀다.

그리고 좀 더 건강한 아내가 되기를 바라는 마음으로,

"사람은 돼지처럼 먹고, 일은 황소처럼 해야 한다."

고 듣기 싫은 설교를 자주 했다. 그때마다 아내는,

"누가 비시비실하고 싶어서 비실비실하느냐? 누가 잘 먹고 건강하고 싶지 않아서 잘 안 먹느냐? 그렇게 태어난 것을 난들 어쩌란 말이냐?"

라고 하며 자기를 이해해 주지 않는 남편을 때때로 서운해 했다.

요즘은 "말이 씨가 된다."는 속담이 내 가슴에 못을 박는다. 그냥 아내를 놀리듯이 내 입에서 나오는 대로 내뱉었던 '비실 비실이'이라는 단어가 나를 몹시 후회스럽게 하고 있다.

내가 당신을
'비실 비실이'이라고 놀렸지?
그 말이 씨가 되었나!
아니다, 그럴 리 절대로 없다
그것은 그냥 농담이었다

당신은 남편의 농담도 구분 못 하나?
딴말은 못 들은 척도 잘하면서
어찌 그 말은 맘속 깊이 새겼나?

당신은 콩나물 값도 잘 깎는
짠돌이 엄마 친구 아니었나?
에누리도 할 때는 꼭 해야지!

아님, 그 농담하는 남편이 미워서
애 좀 먹이려 작심이라도 했나?
그래, 지금 애 많이 먹고 있다
이젠 그만해라

나도 이제부터 그 농담
평생토록 절대로 안 할 게다
당신은
'비실 비실이'가 아니다
당신은 '튼실이' 내 아내다

사경을 넘어온 아내

2004년 3월 18일은 아내가 S대학병원에 검진 결과를 보러 가는
날이었다.
아내가 수술한 지 이년이 넘어서 건강이 많이 회복되어 혼자 고
속버스 편으로 상경했다.

여보야, 이젠 사랑만 하자

그래도 나는 불안한 마음으로 하루를 보내다가 강의를 마치자마자 곧장 집에 왔다.

그 시간쯤에는 아내가 집에 와 있을 시간이었다. 해가 져가고 시간이 갈수록 불안한 생각이 더해 갔지만, 연락이 되지 않아 기다리고만 있었다.

여섯 시가 넘어서 아내로부터 지금 고속버스 타러 가는 중이라는 전화가 왔다. 한 시간쯤 지나 지금 동생 차로 내려가고 있다고 다시 전화를 했다. 나는 이상한 예감이 들었지만, 처남 차로 오니까 조금은 안심이 되었다. 이미 저녁시간이 지나서 휴게소에 들려 식사를 하고 오겠지 생각하고 혼자 저녁 식사를 하고 기다리고 있었다.

한참 후에 처남이 아내를 부축하고 들어왔다. 영문도 모르는 나는 처남에게 어찌 된 일이냐고 물었다.

도대체 무슨 일이 있었던가? 아내는 다 죽어가는 목소리로 입을 열었다.

"S대학병원에서 받은 검사결과는 이상이 없이 좋게 나왔어요. 그래서 바로 내려오려고 강남고속버스터미널로 갔어요. 12시가 넘어서 간단히 점심식사를 하려고 터미널 상층에 있는 식당에 들어갔어요. 거기서 식사를 하면서 샐러드를 조금 먹었어요.

식당에서 나와 잠시 백화점을 둘러보는 중에 복통이 심해 화장실에 들어갔는데 거기서 정신을 잃고 쓰러져 있었나 봐요.

한참 후에 정신이 희미하게 돌아오긴 했는데 누구에게 연락할 생각도 나지 않았어요.

그때 백화점 종업원이 나를 발견하고 백화점 의무실로 옮겨놓고 정신이 돌아오기만을 기다리고 있었나 봐요.

한참 후에 정신이 들어 수첩을 꺼내 종업원에게 주며 서울에 있는 동생에게 전화 좀 해달라고 부탁했어요. 연락을 받고 동생이 급히 달려와 강남 S병원 응급실로 후송했어요."

"참 무책임한 놈들 같으니, 그런 응급 환자를 바로 119에 연락해서 병원으로 후송하지 않고 깨어나기만 기다리고 있었다니…"

나는 아내의 얘기를 듣다가 당장에 쫓아가 책임 추궁을 하고 싶은 생각이 버럭 났다.

처남도 백화점에 도착하여 누나를 보고 백화점 직원들에게 호통을 쳤다고 거들었다.

"강남 S병원 응급실에서 종합적으로 검사를 해 보고 몸이 몹시 허약한 상태에 식중독 증세가 아주 심하다고 했어요. 그 병원에서 호전될 때까지 입원 치료를 받아야 한다고 했는데 전주로 내려가 치료받겠다고 했더니 위험하다고 만류하다가 마지못해 퇴원시켜 주었어요.

그래서 동생에게 고속버스에 태워 주기만 하라고 부탁하고 차에 탄 후 정신을 놓고 잠들었어요. 잠시 눈을 떠 밖을 보니 고속도로였어요."

여보야, 이젠 사랑만 하자

이 이야기를 들으며 아내가 결혼 초에 근무하던 병원에서 종합과 일통조림을 먹고 알레르기 부작용으로 위급한 상태에 이르렀던 때가 떠올랐다. 아마도 샐러드나 음식물이 심한 식중독을 일으켰던 것 같았다. 위암 수술환자에게 특히 조심해야 할 것이 음식물인데, 외지 대중음식점에서 날 음식을 먹었다는 아내를 이해할 수가 없었다. 내가 옆에 있었으면 절대로 먹지 못하게 했을 텐데 혼자 다녀오게 한 내 잘못이 몹시 후회되었다.

나는 양이 아니다
천사는 더욱 아니다
상처 주면 주는 대로 상처받고
힘들게 하면 화내는
그냥 그런 남자다

성숙된 도인도
백인百認하는 성인도
쓰러지지 않는 거목도
부서지지 않는 거석도 아닌
그냥 평균치의 남자다

나는 얼마나 언제까지
인내를 학습해야 할까!

나는
아내가 죽을 만큼 힘들고 아파도
따뜻한 위로의 말보다
아내보다 더 힘들어하는 남편이다
왜 그렇게 되었을까?
남편은 남편에게 묻고 있다

누가 아프고 싶어서 아프냐고
남편에게 반문해도 소용없다
왜 나를 약하게 낳았느냐고
원망이라도 하고 싶은 자기 엄마는
자기보다 먼저 아파 거동도 힘드시니
가슴 열고 실컷 울 곳도 없는 아내다

끼니때마다 위한답시고
"서른 번 씹어! 허리 펴! 턱 괴지 마!"
퉁명스러운 남편의 말투에
아내는 늘 서러웠겠지!

아내를 모르면
남편은 그렇게 못했을 거다!
오기로라도 아내가 강해지기를

여보야, 이젠 사랑만 하자

아니 독해지기를 바랐던
남편의 어설픈 작전이었다

그때마다 아내는
두 손 가슴에 모으고
주님이시여!
영혼으로 기도했던 거
남편은 가슴으로 다 들었다

그때마다 남편은
머리 숙여 땅을 내려다보다
고개 들어 하늘을 바라보며
밝은 달과 찬란히 반짝이는 별들을
얼마나 시기했는지 모른다

살얼음판을 걸어가듯
최소한 삼 년을 넘겨야 한숨 놓고
오 년이 넘어가야 안심할 수 있다는데
세월은 왜 이리 낮잠만 자고 있는지…

소화불량이나 복통은 다반사였지만
오늘처럼 사경을 헤맸던 때는 없었다

오늘 내린 날벼락아
행여나 남아 있을 아내의 잔병까지도
제발, 말끔히 씻어가기를 두 손 모아 빈다
내 아내도 아픔을 모르고
신나게 한번 살아 보게!

여보야, 이젠 사랑만 하자

Episode 03
저 우울증이래요

나는 우울증을 질병으로 여기지 않았다.

한가하고 복에 겨운 사람들이나 앓는 귀족병이라고 무시했다. 주로 부유층이나 지식층에서 많이 거론되는 질병인 점도 내가 그런 인식을 갖게 된 이유의 하나이기도 했다.

침울하고 어두운 영혼의 세계에 얽매여, 슬퍼하고, 억울해하고, 원망하고, 신세 한탄하고, 세상만사가 귀찮고, 사람을 만나기도 싫어하고, 남과 대화하기도 싫고, 세상에 좋은 것도 재밌는 것도 없고, 하찮은 말에도 화가 나고, 남이 자기를 무시하는 것만 같고, 무슨 일에도 자신이 없고, 마음을 털어놓고 얘기 못 하는, 등등에 사로잡혀, 때로는 세상을 등지고 싶어질 정도로 힘들어하는 사람들을 나는 이해하지 못했다.

"총알이 날아오고 폭탄이 터지는 전쟁터에 가 보라! 사흘만 굶어 봐라! 우울증을 앓고 있을 여유가 있나?"

라고 했던 나였다.

그러나 지금은 주변에서 우울증으로 자살까지 하는 사람들의 수가 갈수록 늘어가고, 의학으로 쉽게 치유되기도 어려운 질병이라는 것을 보며 내 생각도 많이 바뀌었다.

간혹 기적적으로 완치된 사례들이 본인들의 증언을 통해 알려지기도 한다. 그러나 이런 경우는 주로 신앙적인 영적 치료들이기 때문에 의학적인 지식으로는 이해도 설명도 되지 않는다.

위암 수술을 받고 회복해 가는 동안 아내는 걷기 운동을 통하여 육체적인 건강은 눈에 띄게 회복되어 갔다. 그러나 갱년기는 아내를 그대로 지나쳐 가지 않았다. 어느 날 저녁에 아내는 어둡고 침울한 표정으로,

"저 정신적으로 너무 힘들어서 정신과 상담을 받았더니 우울증이래요."

라고 내게 말했다.

평상시에 내가 우울증에 대하여 경시하는 말을 자주했기 때문에 아내는 망설이고 망설이다가 마지못해 그 말을 꺼낸 듯 보였다.

여자들이 갱년기에 우울증을 많이 앓는다는 말을 듣기는 했지만, 아내가 우울증까지 앓게 되리라고는 생각조차 하기 싫었다.

여보야, 이젠 사랑만 하자

아내의 말을 듣는 순간

"정말 아내에게 오지 말아야 할 것이 기어코 왔구나!"

나는 한숨부터 나왔다.

"그러면 내가 어떻게 해야 돼?"

라고 나는 반문하듯 입을 열었다. 당장 약으로도 치료되는 질병도 아니기에 내 가슴은 또 짙은 먹구름으로 덮여 갔다.

그 밤에

우리 부부도 한때는

아름다운 큰 꿈을 설계하고

네 손 모아 늘 기도했다

믿음이 신실한 가정부 집사님도

우리 가족을 위해 늘 기도해 주었고…

자기는 병원에서 성실히 근무하고

나는 강의하고 연구하며

유학 준비도 열심히 했던 그때의 하루는

힘들어도 즐겁고 행복했었지

세상살이 초년생이었던 우리는

집 마련하고 아들 잘 교육하고
돈 모아 잘 사는 것이 행복인 줄 알고
동분서주하며 살았지

인생은 황소가 끄는 달구지 바퀴처럼
느릿느릿 구르며 살아야 한다는 이치를
그땐 알고 싶지도 않았어

세상사의 달인들은 우리에게
"쯧쯧!" 하고 혀를 찼을 거야
원두막 짓느라 헛수고한다고…
그 원두막에 앉아
회오리바람, 태풍, 장대비 맞아 보라고…

그때는
"쉬엄쉬엄 삶을 배워라."
귀띔해 주는 그 도道를
한 귀로 듣고 다른 귀로 흘려보내며
때로는 듣기도 싫어했었지
앞서 달리는 말굽소리에
발을 동동거렸으니까

여보야, 이젠 사랑만 하자

남들은 우리를 부러워해도
우리에겐 부러움이 너무도 많았어

이제부터
우리를 자랑스러워하자
기쁨도 우리의 것
사랑도 우리의 것
위함도 우리의 것
슬픔도 우리의 것
아픔도 우리의 것

모두가 우리의 것이니
운명의 선물들이라 하자

우리에겐
나눌 것도 버릴 것도 모두 있으니
좋은 것은 나누고 버릴 것은 버리자

그리고 영혼이 가난해지자
천사처럼…

가슴은 비우고
두 발로는 거북이걸음하고
두 주먹은 슬그머니 말아 쥐고
두 귀로는 하늘의 소리를 듣자

그리고 촛불을 켜서
어두운 다락방을 밝혀 주자
무릎 꿇고 두 손 모으고 머리 숙인
그들과 우리를 위해…

힘들게 하는 것들이 우리 앞에서
검은 그림자가 우리 옆에서
우리를 엄습해도 겁내지도 속지도 말자
"… 다만 악에서 구해 주옵시고…"
라고 기도하자
"너희는 승리자다."
하늘 음성 들려올 게다

우리는
몸에 맞는 옷 입고
온종일 햇빛 드는 집에서
몸도 맘도 건강하고 신실하게 살자

여보야, 이젠 사랑만 하자

영혼의 눈으로

구름 위편에 있는 하늘을 보자

당신은 그런 아내가 꼭 될 거야

내가 있고 두 아들도 있으니까…

Episode 04

유방암입니다

공포의 열흘

2005년 2월 15일, 오늘이 아내가 위암 수술을 받고 투병하며 검진을 받아온 지 3년 2개월 반이 되는 날이다.

요 이삼일 동안 막바지 겨울 맛을 보여 주려는지 강원도에는 1미터가 넘는 폭설이 쌓였다는 일기보도다. 그리고 전국 곳곳에 눈비가 내리고 강추위가 몰아닥쳐 꽁꽁 얼어붙었다. 영하 11도까지 내려간 곳도 있다는 반갑지 않은 일기보도가 계속 나왔다.

이 혹한의 날씨에도 아내는 어제 S대학병원에 정기검진을 받으러 상경했다.

여보야, 이젠 사랑만 하자

그동안 정기검진을 받으면서 부인병에 관련된 질병과 신경과의 진료도 함께 받아 왔다.

4개월 전에 자궁에 혹이 발견되어 전주와 서울에서 정밀검사를 받았다. 검사결과 다행히 악성이 아닌 것으로 판명되었다.

그러나 이번 S대학병원 유방 검진에서는 미세한 혹 두 개가 발견되어 CT, 초음파 그리고 조직검사를 하고 내려왔다고 했다. 그 검사결과는 열흘 후인 2월 25일에 나온다고 했다.

탈 없이 넘어가고 건너뛰어 지나가는 대부분의 질병도 아내에게는 예외가 아니었다. 또다시 우리 부부는 가슴을 죄는 10여 일을 보내야 했다.

아내는 위암 수술로 투병하는 동안 설상가상으로 우울증까지 겹쳐 갱년기에 가장 힘든 기간을 오직 정신력과 신앙심으로 버텨 왔다. 이제 조금 안심을 할 수 있나 싶었다. 그러나 그 생각이 무너져 가는 예감이 들었다. 내가 그러한데 아내는 얼마나 분했을까….

질병의 굴레에서 아내를 빠져나가지 못하게 끈질기게 얽어매는 그것은 도대체 무엇이란 말인가?

남편은 그 실체가 있다면 세상에서 가장 용감한 투사가 될 것이다! 잔인하다고 해도 좋다!

끈질긴 질병과의 인연은
하루, 이틀, 한 달, 두 달
일 년, 이 년, 십 년, 이십 년…

그 끝은 어디이고 그때는 언제인가?

질병이 아내에게서 떠나가면
무엇이 희롱하며 나타날까?
남편을 향해서는 무어라고 비웃을까?
속 시원히 들어나 보고 싶다

진리와 의로 인도하시고
인내로 승리케 하시며
사랑으로 영혼을 달래시는 그분이라면
지금은 내가 분해도 참을 수 있다

우리 부부를 위한 새 메시아 곡은
어느 시인의 작사로
어느 음악가의 작곡으로
어느 거장의 지휘로
어느 오케스트라가
어떤 선율로 연주해 줄까!

나는
절대자의 대작으로 천사들이 연주하는
메시아 곡이기를 진심으로 기도한다

여보야, 이젠 사랑만 하자

다시 암 진단이 내려졌다

2005년 2월 25일 설친 잠을 깨어 아침 일찍이 아내와 나는 가고 싶지 않은 S대학병원을 향해 또 차를 몰았다.

유난히도 차가운 날씨, 서울의 낮 최고 기온이 영하 3도라는 일기 예보마저 우리 부부의 마음을 꽁꽁 얼렸다.

오후 한 시 반으로 예약한 산부인과 진료실 앞으로 걸어가는 나와 아내의 발은 천근만근이었다.

그만그만한 또래의 여자들이 어두운 표정으로 진료실 앞에 앉아 있었다. 이름이 호명될 때마다 진료실로 들어가는 여자들의 표정은 검은 베일로 가려져 있었다.

홍일점인 나는 의자에 끼어 앉지도 못하고 한쪽에서 아내의 얼굴을 몰래 바라보며,

"이상 없습니다. 걱정 안 하셔도 됩니다."

하는 반가운 말이 의사의 입에서 나오기를 간절히 염원했다.

"행여나, 만에 하나라도…."

이런 우려는 생각조차 안 하려고 애를 삭이고 있었지만, 그때 내 마음은 가시덤불이 타들어 가는 심정이었다.

"박○○ 님!"

반갑지 않은 호명 소리에 진찰실로 가는 아내의 뒤를 따라 나도 들어갔다. 결과를 나도 속 시원히 듣고 싶어서였다.

의사는 S대학병원에서 위내시경 검사를 받기 시작한 기록부터 아내의 차트를 자세히 살펴보더니,

"위암 수술을 받으셨군요. 잘 회복되고 있지요?"

의사는 바로 조직검사결과를 말해 주기가 딱했던 모양이었다.

"유방 조직검사결과는 어떻게 나왔나요?"

성미 급한 내가 먼저 물었다.

"예, 암세포가 발견되었습니다. 아주 초기에 발견된 것이 다행입니다. 수술하면 완쾌될 수 있으니 걱정 안 하셔도 됩니다."

그 말을 듣는 순간 아내와 나는 그냥 멍해졌다.

"왜 이렇게 병마의 시련이 겹치고 겹쳐 오는 것인가. 암도 한 가지로는 부족했다는 말인가!"

아내 따라 드나든 병원 문턱이 나를 비웃으며 비참하게 만들고 있다는 생각만 들었다.

의사는 대부분 유방암의 경우 유방을 거의 제거해 왔지만, 요즘은 최소한의 절제로 유방을 보존하도록 노력한다고 했다. 그리고 아내의 경우는 초기이기 때문에 유두도 보존하고 유방도 크게 변형되지 않게 할 수 있다고 아내를 안심시켰다.

아내와 나는 그것이 문제가 아니었다.

위암 수술을 받고 아직 완전히 회복되지도 않았는데 다시 유방암 수술을 받으면 체력이 받쳐 줄 수 있을지가 걱정이었다.

조직검사, 엑스레이, CT, MRI, 내시경 등등….

진절머리 나는 단어들로 내 머리는 뒤죽박죽이 되었다. 그리고

여보야, 이젠 사랑만 하자

지금 또 수술 받고 몇 년을 검진 받으러 서울에 다녀야 할 고속도로가 눈앞에 지겹게 펼쳐졌다. 그래서 나는 이번에는 전주에서 수술을 받고 검진 받으러 다니는 고충이라도 줄이고 싶어,

"선생님, 아내가 또 서울에서 수술 받고 검진 받으러 다니기가 너무나 힘드니까 이번 수술은 전주에서 받게 하고 싶습니다."

라고 내가 제안을 했다. 의사는 한참 생각하다가,

"지금 다른 병원으로 옮겨 가면 거기에서 다시 정밀검사를 받아야 하는 어려움도 있으니 여기서 수술을 받고 소견서를 써줄 테니 진료는 전주에서 받으시지요."

라고 의사가 방향설정을 해 주었다. 나는 그 말을 듣자마자,

"그렇게 하겠습니다."

하고 아내에게 묻지도 않고 내가 결정을 내렸다. 그것은 전주에서 아내가 위 검사를 받을 때 세 차례나 조직검사를 하고 네 차례나 내시경 검사를 했어도 확진을 받지 못했던 기억이 원망스럽게 떠올랐기 때문이다.

우리 집안에서 건강은 거꾸로 일등 가는 아내가 한 번도 아닌 두 번째로 다른 암 수술을 받아야 했다.

이제까지 며칠씩 입원하고 응급실에 수시로 드나들었던 아내의 질병들은 자질구레한 잔병치레였다. 절망의 늪에 빠진 우리 부부는 의사의 조언대로 수술 일정을 예약했다.

고마워해야 할 병원을 뒤돌아보기조차 싫었다. 정문을 빠져나와

서울 시내를 어떻게 헤쳐 나왔는지 내 차는 경부고속도로를 달리고 있었다.

아내는 심신이 바닥까지 처져 있고 나는 한숨을 내쉬며 차를 거칠게 몰아댔다.

요란한 자동차 소음이 들리는지, 안 들리는지 거칠게 달리는 차 안에서 아내는 죄인처럼 입을 다문 채 바깥만 바라보고 있었다.

지금 인내와 지성이
내 안에서 격렬히 다투고 있다
둘 다 지치도록 싸워도 끝이 안 난다

더 단단해지라는 시련인가!
이젠 그만 단단해지고 싶다
이젠 아픔을 모르는 아내 모습을
나도 보며 살아보고 싶다

저 트럭 뒤를 추돌해 버리면
어느 누군들 나를 용서할 수 있을까…
신은 더욱 나를 용서 안 하시겠지…

그래도
나를 용서할 수 있는 단 하나는 있다

여보야, 이젠 사랑만 하자

못난 놈이라고 힐난詰難을 받을지라도
나만은 나를 용서할 수 있다
지금 이 순간에는…
이 고속도로 위에서는…

초침은 여전히 돌아가고 있다
그래서 방금이 과거가 되었다

내 차는 어느새
그 트럭을 추월해 가고 있다
그리고
내 눈에 새 풍경이 펼쳐진다
내 머리에 새 그림이 녹화된다

기적을 바라는 갈등

아내 수술 예약일이 2주가 남았다.

이번에는 수술을 하지 않고 기적적으로 아내가 치유될 수 있기를
나는 간절히 소원했다. 의사들이 치유 실화를 엮은 책에서 의술로
는 설명이 안 되는 치유의 사례들이 나에게 그런 생각을 더욱 굳게
해줬다.

의학적으로는 도저히 치료가 불가능한 불치의 병들도 신앙적으로 치유된 사례는 주변에서도 심심치 않게 본다.

나의 작은 믿음으로나마 그런 치유가 아내에게도 일어날 수 있다고 억지로라도 믿고 싶었다.

암이 수술하지 않고 기적적으로 치유되기를 누군들 원치 않겠는가?

두 주 동안 아내와 나는 치료방법을 놓고 여러 차례 결론도 없는 대화를 나눴다.

인간의 상식이나 지혜, 그리고 방법을 초월해서 일어나는 것이 기적이고 신유의 방법이다.

나는 미국의 찰스 프란시스 부부의『신유의 방법』(이미혜 역, 서울말씀사, 2008.)을 여러 번 반복해서 읽었다.

미국 전역은 물론이고, 세계 여러 나라에 가서 생방송되는 수많은 관중과 TV 앞에서 그 부부가 행한 신유의 치유는 의학과 인간의 지식으로는 증명할 수 없는 실증이었다. 그 신유의 치유는 신앙적인 믿음으로 누구에게서나 일어날 수가 있다고 그 부부는 책에서 수차례 강조를 했다. 그리고 성경에서도 그렇게 분명히 기록되어 있다.

그러나 아내의 불안과 초조한 마음에 내 권유는 아내를 혼란스럽게 할 뿐 실천에 옮기기에는 미약했다. 본인 스스로의 믿음과 의지와 생활 습관의 변화 없이는 오히려 스트레스만 쌓일 수밖에 없다. 오히려 병을 악화시키는 위험요인이 될 수도 있다. 그래서 나도 아

여보야, 이젠 사랑만 하자

내에게 무리하게 나의 생각을 권유하지 못했다.

　더 힘들고 더 위험한 수술을 받고 더 중한 질병으로 고생하기도
하고, 식물인간이 되어 평생을 사는 사람들도 있고, 생을 마감해
가는 말기 환자들도 많이 있다. 그들에 비해 초기에 발견해서 수술
할 수 있다는 것만으로도 아내에게는 천만다행이지만,
　"내 고뿔이 남의 염병보다 중하다."고 하는 속담이 우리의 현실이
었다.
　내 아픔은 부풀리고 남의 아픔은 과소평가하는 것이 우리네들
의 심성인 것을….

　어려움을 당할 때는 항상 그 근원을 생각하고 때로는 원망하기도
한다.
　한 번으로 끝난 일이라면 세월 따라 잊혀 가지만 유사한 일이 반
복되면 메워지지 않는 골이 깊어지기 마련이다.
　나는 아내의 유방암이 행여나 위암세포가 전이되지 않았나 걱정
을 많이 했지만, 의사는 전혀 관계가 없다고 하여 한 근심을 덜었다.
　암은 유전성이 높기 때문에 병원에서도 가족력을 우선적으로 살
펴보곤 한다. 아내의 위암과 유방암의 요인들이 나를 궁금하게 했다.
　아내는 형제들 중에 제일 왜소하고 약하다는 것 외에 처가의 부
모 형제 누구도 암으로 고생한 사람이 없다.
　방사능에 과다 노출되는 것이 유방암의 요인이 되고, 여성호르몬

제의 장기복용도 유방암 발생 확률을 높인다는 의학계의 연구발표가 근간 언론매체를 통해 수차례 보도되었다.

그런데도 그런 요인들은 유방암 발생 확률이 낮다는 통계치도 나와 있다. 이로 인해 의사는 여성호르몬제를 처방하고 환자들은 복용하고 있는 것이 현실이다.

아내는 갱년기 나이에 위암 수술을 받아 신체적으로 허약해지고 우울증까지 앓아 개인병원에서 여성호르몬제를 처방받아 상당 기간 복용해 왔다.

암 발생 위험성에 대한 확률적 수치는 환자의 신체적인 조건과 환경에 따라 큰 차이가 있을 것이다. 극히 낮은 확률적인 위험성도 어떤 환자에게는 100%의 부작용으로 나타날 수 있기 때문이다.

인공위성은 몇 만개의 부품으로 조립되어 있을까? 상상을 초월할 만큼 많은 수의 부품들로 조립되어 있다. 그것도 수많은 실험과 시행착오를 거쳐 생산한 부품들이다. 그런데 인공위성이 공중에서 폭발하는 것은 0.01%의 결함 있는 부품만 있어도 폭발해 추락한다. 인체의 60 내지 100조 개의 세포 중에 소수점 이하 몇 퍼센트가 감염되고 파괴되면 치명적일까? 인공위성의 폭발 사고보다 더 낮은 수치일 것이다.

나는 아내에게 여성호르몬제의 복용을 여러 번 경고하고 만류했었다. 그래도 아내는 처방해 주는 의사의 말을 믿고 우선 심리적인 안정에 도움이 된다고 계속 복용해 왔다. 결국 자신의 몸에서 증상도 없이 유방암 세포를 키우고 있을 위험성을 경시했던 것이다. 게다가 그동안 셀 수도 없이 많은 방사능 사진을 촬영해 왔던 것이 종합적인 요인이 되었다는 게 나의 지배적인 생각이었다.

두 번째 암 수술

결국 아내는 2005년 3월 10일에 S대학병원에서 두 번째 암 수술을 받기 위해 입원했다.

다음 날 오전 여덟 시에 수술실 요원들이 흰 시트를 덮고 누워 있는 아내의 침대를 밀고 수술실로 향했다. 뒤따라가던 남편은 수술실 문 앞에서 또다시,

"염려 마. 하나님이 깨끗이 치료해 주실 거야!"

이 말만 반복했다. 입을 다문 채 바라만 보고 있는 남편 앞을 육중한 자동문이 곧바로 가로 막았다.

같은 병원에서 아내는 두 번째 수술실로 끌려가고, 닫힌 문짝 앞에서 두 번째로 바보처럼 서성이게 하는 그 괴력을 남편이 감당하기에 너무도 강했다.

수술실 전광판에 켜진 아내의 이름 세 자를 그전처럼 바라보는 남편의 만감은 그전과 달랐다. 남편의 작은 우주에 천국과 지옥이 번갈아 펼쳐졌다.

여기 입 다문 벙어리는

겉으로는 평화스럽고 자유롭다

그런데

그의 작은 우주에 천국과 지옥이 다 있다

지옥에서 천국으로 날아오르기 위해

퍼덕이는 날개가 너무나 지쳐 있다

깊은 저곳에는

몸부림치는 잔상들이 어이 있을까!

누군들 저 모습이 될까

저 자리에 있게 될까

가기 전에 설마 내가 했겠지!

높은 저곳에는

목마름이 없고

배고픔이 없고

욕심이 없으니

아픔도 분명 없으리라!

거기엔

질투가 없고

다툼이 없으니

여보야, 이젠 사랑만 하자

사랑만 있으리라!

거기엔
근심이 없고
미움이 없으니
영혼들이 거울처럼 맑으리라!

여보야, 어이해
낮은 그곳을 잠시 가 보고 있나?
버릴 것 다 거기에 버리고
빈손으로 돌아오라
높고 밝은 이곳으로!

여보야, 이리 올라오라/노병준

전광판에서 아내 이름이 꺼지기까지 두 시간 반이 걸렸다. 일 분이 여삼추인 그 시간 동안 나는 독백을 반복하며 시간을 재촉했다.

수술이 끝나자 유방의 원형 보존을 위해 최소한으로 절제하는 수술로 만족할 만큼 잘되었다고 의사가 내게 말해 줬다. 암세포의 전이를 차단하기 위해 오른팔 겨드랑이에 있는 임파선을 제거했다고도 했다. 아내의 띵띵 부은 오른쪽 팔은 붕대로 칭칭 감겨 있었다.

압박 토시를 오랫동안 껴야 하고, 조금이라도 부어오르면 병원 치료를 받아야 한다고 주의사항까지 설명해 줬다.

아내처럼 작고 연약한 몸에서 떼어낼 것이 무엇이 있다고 팔 한쪽에서까지….

암세포 전이 여부를 검진하고 차단하기 위해 오른팔 겨드랑이에서 임파선을 제거했다고? 이것이 21세기 의술의 한계인가 싶어 한숨이 절로 나왔다. 결국 아내의 오른팔은 반 불구가 되었다.

이번 수술은 식생활에 크게 지장이 없고, 거동에 큰 지장은 없었다. 그래서 나는 학교에 밀린 업무와 강의 때문에 서울에서 공부하는 두 아들에게 간병을 맡기고 전주에 내려왔다.

그 이틀 후에 퇴원 처방이 나왔다는 아들의 전화를 받고 그날 저녁에 다시 서울에 올라갔다.

다음 날 3월 16일 오전 일찍이 퇴원 수속을 마치고 아내를 승용차에 태우고 거북이 운전으로 집으로 내려왔다.

여보야, 이젠 사랑만 하자

암세포 전이 여부를 검진하기 위해 실시한 뼈와 임파선 조직검사 결과를 보기 위해 5일 후에 다시 서울에 올라갔다.

"다행입니다. 암세포가 전이되지 않았습니다."

아내와 내가 꼭 듣기를 바랐던 말이었다.

아내의 오른팔은

조금만 무거워도 못 들고

조금만 무리하면 땡땡 붓고

링거도 주사도 못 맞고

혈압도 못 재는 팔로 변형되었다

그렇게 살아야 한다는 말도 바꿀 수 없다

다리미질을 대신하고

무거운 빨래 대신 널고

장 보따리 대신 들어주는

그런 것들로

나는 억지 효부孝夫가 되어 간다

아내는 유방암 수술 후부터는 전주에 있는 종합병원에서 정기적으로 검진을 받았다. 그리고 조금만 무리해도 부어오르는 오른팔 치료를 개인병원에서 장기간 받았다.

위와 유방 수술 정기종합검진을 받을 때마다 PET-CT, MRI와 같은 방사선 피해는 여전히 피할 수가 없었다.

선진국에서는 개인의 체질에 따라 방사능 축척 량을 측정하여 피폭 한계를 넘지 않도록 방사선 촬영을 한다고 들었다.

아내의 피폭 한계치는 얼마나 되는지 측정해서 그에 맞게 방사능 촬영을 해 본 적이 없다.

갱년기에 우울증과 어지럼증 증세의 완화를 위해 여성호르몬제를 복용해 온 아내에게 반대로 여성호르몬 억제제 처방이 내렸다. 옆에서 지켜보는 남편의 입에서,

"약 주고 병 준다더니…."

라는 말이 절로 나왔다. 게다가 신경과 약도 함께 상시 복용해야 하니 아내의 몸은 무슨 내성으로 다 이겨낼 수 있을지 걱정이었다.

외로움만이 나의 동반자다
단출한 네 식구 중에 나는 외톨이다
내 어깨는 두 쪽뿐
세 짐을 질 자리가 모자란다

짐을 못다 지겠다고 호소라도 하면
세상은
"너, 아직 덜 깬 놈이구나."
할 것이다

공중에라도 하소연하면
허공이 삼켜 버릴 것이다

외로운 상사화/노병준

외로움?
원망?
"이, 덜 깬 놈아!
네가 가장이면
더, 더, 익히고 깨달아라."
천둥 같은 호통 소리만 들려오겠지…

아내의 거듭된 두 번의 암 수술과 겹친 가족들의 건강 문제로 그때가 나에게 가장 힘들었다. 그때 애타게 부르짖었던 나의 기도는 절대자에 대한 원망이 더 많았다.

감사도 그분께
소원도 그분께
원망도 그분께
모두다 그분께!
오직 대상이 그분뿐이니까…

"항상 기뻐하라."
이 말은 성경의 한 구절이다. 논리는 머리로 깨닫지만, 행위는 몸이 따르지 못한다. 이 말씀을 반복하여 묵상하면 머리가 행위를 지배할 수 있을까?
아내의 정기검진 기간이 조금씩 길어지는 것만으로도 내게 위로가 될 줄이야….

병과 함께 공생한다고 말하는
그 세인世人은 진솔한 사람일까?
운명을 맡긴 사람일까?

여보야, 이젠 사랑만 하자

남의 아픔을

지나가는 말로도 쉽게 말하지 마라

남의 아픔에 눈시울을 적시지도 마라

내 아픔을 세상 누가 어이 알리

그런 세상인 것을…

힘들고 외로운 날에

논밭에서 들려오는 소리를

종달새의 세레나데로 착각하지 말자

보리밭을 헤집는

까마귀 떼 소리가 아닌지?

우린

산 계곡을 흐르는 선율만

신록 숲에 둥지 틀고

짝을 부르는 산새 노래만

빼지 말고 듣자

세상 소리는 귓가에 스쳐와

가슴에 상처를 남기고

하늘의 소리는 심령으로 들려와

영혼을 깨워 준다

우린

활짝 피었다 우수수 지는 꽃무리보다

피고, 피고, 또 피어서

쌀밥 먹을 희망 주는

백일홍이 되자

우린

십 수 년도 못되어

고목으로 잘려질 그런 나무 말고

수천 년 세월 얘기 전해 주는

열 아름드리 정자나무가 되자

농부들이 둘러앉아

아낙네가 차려 온 새참 먹고

담배 말아 피우며 덕담 나누며

막걸리 잔 기울이다가

드르렁드르렁 코 골며 한잠 자는

모정이 되자

여보야, 이젠 사랑만 하자

Episode 05

죽도록 걸으니 암이 먼저 죽더라

걷기 운동이라도 열심히 해야 건강을 회복할 수 있다는 건강관리 상식을 아내도 위암 수술 후부터 절실히 깨달았다.

결혼 후에 남편이 듣기 싫게 해 오던 잔소리보다 병원에서 한번 강조하여 교육해 준 효과가 더 컸다.

이제까지의 내 생의 여정은 순탄치 않았지만, 나는 어쩔 수 없이 부지런을 떨며 살아왔다. 바로 그것이 내 몸을 단련시켜 준 운동이 되었던 것이다. 그래서 지금의 내 건강이 유지되고 있다고 나는 믿고 있다.

뒤늦게 프랑스 유학 시절에 시작한 테니스를 귀국해서도 20여 년 동안 새벽잠을 설치며 꾸준히 계속했다. 부족한 테니스 코트를 차

지하기 위해 아침 동이 트기도 전에 나가는 남편을 아내는 몹시 못 마땅해 했었다.

녹원의 여인/노병준

정적인 도시 가정에서 자란 아내는 에너지를 소모하는 활동적인 운동과는 거리가 멀었다. 그런 아내가 나와 결혼하여 새벽부터 운동하러 나가는 남편의 생활습관에 스트레스도 많이 받았을 것이다.

공휴일에는 두 아들을 데리고 시골 냇가에 가서 물고기 잡고, 산으로 들로 돌아다니기 좋아하고, 아들들도 싫어하는 산으로 올라가 칡뿌리 캐 먹고….

집 안에 앉아 있기보다는 밖으로 활동하기를 좋아하는 남편의 생활패턴에 아내는 적응도 못 한 채 30여 년을 살아왔다.

여보야, 이젠 사랑만 하자

아내가 힘들어 하고 싫어해도 나는 병원에서 교육해 준대로 걷기 운동을 집요하게 실행해 가고, 식생활도 듣기 싫을 정도로 간섭했다.

매 끼니 식탁에 앉으면 매섭게 아내에게 잔소리를 했다. 기력이 쇠약해진 아내는 식탁에 앉으면 자기도 모르게 팔을 식탁에 괴고 허리는 자동적으로 굽어졌다. 그때마다 나는 어김없이,

"허리 좀 펴. 30번 이상 씹어."

라고 퉁명스럽게 말했다.

아내가 조금만 기력이 있어 보여도 아파트 주변이라도 돌고, 가까운 학교 운동장 400m 트랙을 20여 바퀴씩을 거의 매일 함께 돌았다. 그리고 우리 아파트 뒷산을 올라 다니고, 전주 삼천천변을 걷는 것은 지금도 계속하고 있다.

가벼운 걷기 운동이라도 규칙적으로 실행하기에는 스트레스를 받을 수도 있지만, 이젠 아내에게는 그것은 고려의 여지가 아니었다.

그렇게 남편의 반 강요로 한참 동안 걷고 나면 아내의 이마에 땀방울이 보인다. 훈훈한 열기로 열악한 몸이 달아오를 때에 기분이 상쾌해지는 것을 아내도 온몸으로 느끼면서 걷기 운동의 효과를 실감해 갔다.

모악산으로

봄꽃이 만발한 4월이다.

오늘은 집에서 가까운 모악산 등산을 하기 위해 아내와 집을 나섰다. 모악산 정상에 오르는 등산로는 사방팔방으로 나 있다. 우리가 오늘 택한 모악산 등산로는 중인리를 거쳐 금곡사 약수터까지 왕복하는 힘들지 않은 코스다. 이 길은 모악산 등산로 중에서 가장 완만하여 아내가 걷기에 알맞은 코스다.

봄 냄새가 물씬 풍기는
모악산 등산로를 따라간다
구릉진 도원에 이르러
우리 가슴도 복사꽃으로 붉게 피어났다

팔뚝보다 굵은 복숭아 나뭇가지들은
지가 원하는 대로 뻗지도 못하고
주인 나리 맘대로 잘리고 휘어져 있다
그 모습 그대로
도원을 지키며 새봄을 맞는다

지난 봄에 낸 새 가지 마디마디에
올봄에는 꽃망울 풍성히 터뜨려

여보야, 이젠 사랑만 하자

벌 나비 맞을 채비를 했으련만

주인 나리의 톱질과 가위질로 잘려나간 채

꽃샘추위를 힘들게 이겨내고 있구나!

어김없이 찾아온 이 봄에도

남은 가지 마디마다 꽃망울을 터뜨려

도원을 꾸미려는 그 정성이 여실하다

복사꽃 필 무렵/장숙/60.6x50.0㎝/oil on canvas

모질게 박해당해 온 몸통에서

돋아난 여린 가지들이

상춘객인 나더러 주인이 되어달라고

애원하며 내 앞으로 뻗어온다

그 소리 귀에는 들리지 않아도
가슴을 잔잔히 울린다
그 가지 내 손을 잡지 못해도
내 눈앞에 이미 다가와 있다

나는 여기 한 나그네 되어
수심만 가득 안고 넘나들던 병원 문턱도
정신없이 질주하던 고속도로도
함께 나들이 나온 아내도 잠시 잊고
나 홀로 구릉진 도원을 어슬렁거리고 있다

허전해진 느낌에
정신을 되돌려 아내를 돌아보니
십여 미터쯤 뒤에서
힘겹게 혼자 걸어오고 있었다
못 고치는 내 걸음 습관이 또 재현되었다

가쁜 숨을 내쉬며
걸어오는 아내의 이마에는
보일락 말락 땀방울이 맺힌 듯하고

여보야, 이젠 사랑만 하자

창백했던 볼이 복사꽃처럼 불그스레해졌다

사르르 불어오는 봄바람에
모처럼 두 몸이 함께 기지개를 켰다

"조금만 더 올라가자고!
얼마 안 가면 금곡사가 있고
거기에 약수터가 있으니까
오늘은 거기까지만 가서 쉬었다가 오게."

거리로는 오백여 걸음쯤 남았지만
꼬부라지고 숲에 가려진 산길은
아내에겐 몇 십리쯤이나 되었을까…

아내가
걷다, 섰다, 앉았다, 몇 번 반복하니
목적지 약수터에 다다랐다

"약수 한잔 마시자."
붉은 플라스틱 조롱 바가지로
약수를 받아 나부터 마시고
"자기도 한 모금 마셔 봐."

아내에게 반 조롱쯤 받아 주었다
배앓이 할까 염려되긴 했지만…

세트로 등산복 차림을 한 커플들이
작은 가방을 등에 메고
헉헉거리지도 않고
가벼운 발걸음으로 올라왔다

약수 한 조롱씩을 단숨에 마시더니
낡은 나무의자에 힘없이 앉아 있는
우리 앞을 지나 씽씽 정상을 향해 갔다
우리는 오늘 여기가 정점인데
힘차게 올라가는 그들이 눈부시게 부러웠다

비록 우리는 더 올라가지 못해도
통나무에 앉아 여린 신록 숲에 덮히고
바위 틈새를 졸졸 흐르는
물소리를 들을 수 있으니
거기가 우리의 행복한 쉼터였다

정상까지 왕복하려고
의기양양하게 올라가는 학생들을 보며

여보야, 이젠 사랑만 하자

"나도 오십여 년 전에는

모악산 정상을 저렇게 넘어갔었는데…"

　1961년 5월 중순경 일요일에 J고등학교 동아리 '전원' 친구들과 모악산 등반을 했다.

　시간제 시외버스를 타고 모악산 입구까지 가기 위해 전주남부버스터미널에 모였다. 그런데 버스는 이미 떠났고, 다음 버스는 오후에나 있었다.

　별수 없이 우리들은 거기서부터 모악산 입구 마을까지 약 10킬로미터를 걸어갔다.

　등산 코스는 모악산 입구 학래마을을 지나 대원사와 수왕사를 거쳐 정상까지 왕복하는 여정이었다. 청명한 날씨에 초여름 햇볕을 받으며 자갈로 깔려 있는 신작로를 걸어온 우리들은 이미 지쳐가고 있었다.

　그날에는 모악산을 등산하는 사람들이 없었다. 대원사와 수왕사로 생활용품을 나르는 짐꾼 두 명을 만난 것이 전부였다.

　조용한 계곡을 올라가며 우리들은 웃옷을 벗어 허리에 차고 바지를 벗어 메는 등 제멋대로 옷차림을 했다.

　계곡 물가에 둘러앉아 발을 담그고 물 장난치며 깔깔거리던 그곳은 숨 막힌 교실에서 공부에 찌들어 있던 우리들의 천국이었다.

　짓궂은 친구가 퍼붓는 물벼락에 물에 빠진 생쥐가 되어도 우리들은 마냥 즐거웠다.

수업 종료 종소리만 기다리던 지루한 수학, 물리시간에서 완전히 해방되었다.

전주에서부터 대원사까지 걸어왔으니 우리 허벅지와 종아리는 이미 단단해지고 무거워졌다. 거기서 되돌아 내려오고 싶은 유혹이 들기 시작했다. 그만 내려가자는 친구들과 정상까지 올라가자는 친구들의 입씨름에서 정상까지 가자는 고집 센 친구들이 이겼다.

대원사에서 수왕사를 거쳐 정상까지 가파른 길을 오르느라 무릎 방아를 실컷 찧면서도 정상 도전에 성공했다.

지금은 송신탑이 있는 보안지역이어서 정상까지는 올라가지도 못하지만, 그때는 자연 상태의 모악산 그대로였다. 그리고 정상에는 몇 사람이 앉아 놀 만한 평평한 바위도 있었다.

우리는 거기에 올라서서 "야~호!"를 목이 터져라 외쳐도 시끄럽다 할 사람이 없었으니 모악산 정상은 우리들만의 요새였다.

사방팔방에 솟아 있는 산봉우리들은 한참 발아래에 있다. "야~호!"를 아무리 크게 외쳐도 메아리는 오지 않았다. 역시 모악산은 이름 그대로 모악산母岳山이었다.

그 정상에서 우리들은 바지까지 벗어 던지고 서해에서 김제평야를 스쳐 불어오는 바람을 온몸으로 맞았다. 목 터져라 고함을 지르며 잠잠한 창공을 흔들어대는 자유분방한 녀석들이었다.

한참 동안 장난에 빠져 놀다 보니 내려가야 할 시간이 이미 늦어 서둘러야 했다. 올라온 길을 따라 구이 방향으로 내려가야 하나, 금산사 방향으로 내려가야 하나 의견이 또 갈렸다. 늦어도 버스를 탈

수 있는 금산사 방향으로 내려가자는 쪽으로 기울어졌다.

서둘러 내려오는 도중에 우리는 한 수녀를 만났다. 그 수녀는 등산복도 아닌 수녀복 차림으로 혼자서 올라오고 있었다. 믿기지 않았다. 이렇게 늦은 시간에 어떻게 혼자 올라오느냐고 물었다. 우리의 물음에도 수녀의 얼굴은 과묵한 남자의 표정이었다. 그렇게 자주 온다고만 대답했다. 작은 손전등이라도 수녀복 안에 숨겨 왔을까?

그 수녀의 가슴에는 몇 겹의 수심(?)이 쌓여 있어 이 험한 산을 혼자 올라오며 걷어내고 있는지 세상을 모르는 나에게는 "참, 겁 없는 수녀."라는 생각이 들었다.

"오늘은 너무 늦었으니 넘어가지는 못하고 조금 올라가다가 내려올 거야, 여자가 무슨 배짱으로 겁도 없이…"

우리들은 괜한 수녀 걱정(?)을 했다.

오랜 세월동안 쌓여 있는 낙엽을 밟으며 미끄러지고, 넘어지고, 구르며 금산사 뒷담 가까이 도착했을 때는 해가 지고 사찰을 지키는 등불이 켜지기 시작했다.

버스정류장이 있는 아랫마을까지 속보로 내려갔다. 그러나 버스는 이미 한 시간 전에 끊겼다는 가게 주인아저씨의 말이 우리를 맥빠지게 했다. 원평까지 가야 광주나 정읍에서 오는 버스를 탈 수가 있다고 알려 주었다. 4킬로미터쯤 되는 거리를 우리는 막바지 힘을 다해 뛰다시피 걸어갔다.

우리들이 가진 돈을 모두 합해도 여섯 명이 전주까지 갈 차비도 안 됐다. 차비를 아예 사정해서 깎겠다는 작전이었다.

마침 '정읍–전주' 행선지가 붙은 버스가 오기에 무조건 손을 들고 올라탔다.

차장이 다가와 요구한 우리 여섯 명의 차비는 우리가 가진 돈의 두 배가 넘었다.

체격이 제일 큰 친구가 꾸깃꾸깃 뭉쳐진 돈을 내밀며 모악산에 등산 왔다가 돈이 다 떨어져서 이것뿐이라고 사정을 했다. 차장은 눈을 부라리며 돈을 아예 받지도 않고 앞문 쪽으로 가 버렸다.

우리들은 될 수 있으면 차장과 마주치지 않으려고 뒤쪽으로 몰려가 승객들 뒤에 숨었다.

가다가 버스에서 쫓겨나도 전주에 더 가까워진다는 얄팍한 생각으로 버스가 속도를 내어 달려갈수록 속으로 고소했다.

20여 분쯤 지나서 차장이 다시 돈을 가진 친구 옆으로 다가왔다.

"가진 돈 있는 대로 다 내 봐."

친구가 돈을 꺼내 차장에게 주었다.

"이게 얼마야? 이것이 전부야? 막차니까 오늘 특별히 봐 주는 거야. 앞으로는 차비 똑바로 내고 다녀. 알았어?"

하는 퉁명스러운 소리가 들렸다.

나는 그날의 모악산 등반이 얼마나 힘들었고, 멋졌고, 얄궂었고,

즐거웠었는지 평생 잊을 수가 없다.

아무도 상관하지 않는 산 정상에서
내가 좋아하는 신록의 계절에
내가 좋아하는 친구들과 방자했음이
얼마나 아름다웠던가!
얼마나 즐거웠던가!

오늘 그 산자락에 아내와 앉아서
그 추억을 더듬으며
나는 잠시 행복에 젖었다

그 후 1980년대 중반에 두 아들을 데리고 모악산 입구에서부터 금산사까지 완주한 것이 내 모악산 완주 등반의 두 번째였다. 그때 아내는 자신 없다고 같이 가지도 않았었지만….

"자, 이제 그만 내려가!"
해는 모악산 능선을 넘어가고 금곡사 길을 그늘이 가리기 시작했다.

오늘 아내는 모악산이 달여 준 귀한 보약 한 사발을 마셨다. 앞으로 자연이 주는 신비의 보약을 아내는 발품 팔아 계속 마셔야 한다.

오봉산으로

오봉산은 내가 태어난 고향 앞산이다.

추석이 지나 단풍이 빛바래 갈 무렵, 교수 부부들과 함께 오봉산 등산을 했다.

지금은 많은 사람들이 이 오봉산을 등산하지만, 이십여 년에는 등산객들이 없었다. 시골 사람들이 약초나 산나물을 캐기 위해 산을 더듬고 다니는 정도였다.

건강한 사람들은 그리 힘들지 않게 오르는 등산 코스지만, 다섯 봉우리를 한 번에 등반하기에는 쉬운 코스가 아니다. 그래서 우리도 일부만 제일 높은 봉우리 정상까지 올라가기로 했다.

당시 아내에게는 오봉산 정상에 오르기가 군대 유격훈련보다 더 힘든 때였다. 아내는 그야말로 죽을힘을 다해 땀을 뻘뻘 흘리며 정상까지 올라왔다. 다른 사모들이 몸도 아픈데 너무 무리하지 말라고 만류해도 정상까지 따라온 아내가 참 대견스러웠다. 나는 아내에게,

"이젠 히말라야 정상도 정복할 수 있겠다."

고 칭찬해줬다.

> 겹겹이 쌓인 낙엽 위에
> 풀썩 주저앉은 아내가
> 이마에 땀을 닦으며

144 —

여보야, 이젠 사랑만 하자

싸늘한 시월 추풍을 시원하다 한다

못 올라오리라 생각했던 남편은
속으로는 만류하고
겉으로는 올라가자고 채근했다

아내를 바라보며
"참 대견하다! 아내는 나보다 강하다."
가슴으로 말하고
겉으로는 지가 더 강한 체했다

섬진강 옥정호/노병준

온 산을 수놓았던 오색 단풍은
겨울 채비로 빛이 바래 가고
멀리 발아래 섬진강물은 찬 물보라를 쳤다.

산허리를 휘감아 불어오는 추풍이
맺힌 땀방울을 씻어 가니
금시 온몸에 한기가 돌았다

"더 늦어지기 전에 하산들 하세!"
원로교수님의 채근에
모두 자리에서 일어났다

낙엽을 밟고 편히 내려가려는 대가로
미끄러져 너도나도 엉덩방아를 쪘다
사모들은 체면을 구기면서도
보란 듯이 더 잘도 쪘다
오봉산 산행이 그래서 더 즐거웠다

오늘도 아내는
오봉산이 성깔을 부리면서
정성을 다해 달여 준 천혜의 보약을
손수 챙겨 마셨다

여보야, 이젠 사랑만 하자

몸에 좋은 약은 쓰다던데

오늘 탕약이 몹시도 썼겠지!

아직 초저녁인데

아내의 코 고는 소리가 시끄럽지 않다

강원도 동해안으로

추억의 옛길 따라

학기 말에 처리해야 할 업무를 서둘러 마치고, 여름방학에 강원도의 동해안으로 여행을 떠났다.

1960년대 말에 내가 군복무를 했던 강원도 인제, 원통지역을 거쳐 백담사계곡을 산행하고, 동해안 최북단에 있는 고성통일전망대까지 다녀오는 2박 3일의 여정이었다.

이번 여행에는 평소에 가끔 함께 나들이하던 교수 부부와 동행했다.

첫날에는 강원도 백담사를 답사한 후 설악산에 있는 H리조트에서 일박하는 일정이었다.

아침 일찍이 출발한 우리는 정오가 조금 지나 옛 가로리마을 뒷산 소양강이 내려다보이는 휴게소에 도착했다. 지금은 소양강 댐이 축조되어 물속에 잠겼지만 내가 이곳에 있던 부대에서 군복무를 했었다.

옛 도로와 부락들은 수몰되었고, 하천과 밭이 자취를 감췄는데, 강원도의 험하고 높은 산들은 변함없이 옛 모습 그대로 위엄을 부리고 있다.

그때에는 내가 휴가 가려면 전주까지 이틀이 걸렸다. 가로리에서 서울까지 8시간 버스를 타고 가야하고 서울에서 일박한 후 다음 날 군용열차나 버스로 전주까지 8시간을 가야 했다.

하기야 사십여 년의 긴 세월이 흘렀으니 호랑이 담배 피우던 시절의 이야기다.

그런 길을 나는 오늘 고속도로와 자동차 전용도로를 달려 반나절 만에 이곳까지 왔다.

저 아래에 내가 복무했던 부대가 있었지
가로리라는 꽤 큰 마을이 있었고
저 소양강을 건너 칠성고개를 넘어가야
인제를 거처 설악산을 갈 수 있었어
그리고 저 소양강에는 목재로 축조된
'군축교'가 있었고…
그 '군축교'는
설악산과 동해안으로 가는
간선도로의 교량이었지
그래서 이 부근 부대 장병들이
주야로 보초를 섰는데

여보야, 이젠 사랑만 하자

나도 그 다리 밑에서 보초를 섰던 적이 있어

김신조 무장 간첩단이 넘어왔던 때라
그 '군축교'를 폭파할까 봐
밤낮으로 보초를 섰던 거야

'군축교'를 건너, 산 넘어가는 고갯길이
'칠성고개'였지
그 고갯길 가에 '칠성탑'이 있었는데
지금도 있는지 모르겠네
6·25전쟁 때 이곳 치열한 전투에서
전사한 장성들의 별의 숫자가
일곱 개였다는 거야

그리고 이 고갯길에는
잊지 못할 내 추억도 묻혀 있지
1968년 여름 어느 토요일 오후에
인제로 단체영화를 보러 갔었지
돌아오는 길에 이 칠성고개에서
우리가 탄 샤프차가
비탈진 커브에서 전복사고가 났던 거야

팔이 부러지고, 귀가 떨어져 나가는 등
여러 병사들이 크고 작은 부상을 당했지만
샤프차였기에
병사들이 밖으로 튕겨 나가지 않아
사망자는 없었고
나는 찰과상만 가볍게 입었었지

차가 조금만 옆으로 더 굴렀으면
낭떠러지로 추락해
대형 인명사고가 났을 뻔했는데
정말 천운이었어

나는 인제와 원통 간 도로에서도
교통사고를 당했었어
아침 일찍 스리쿼터를 타고
원통에 있는 부대의 병기 현황파악을 하고
돌아오던 중이었어
좁은 커브도로를 돌아오는데
전화선이 도로에 늘어져 있었던 거야
운전병이 이를 급히 피하려다가
차가 낭떠러지로 굴러 떨어졌어

여보야, 이젠 사랑만 하자

군 통신망을 긴급 복구하느라
전화선을 도로에 늘어놓았던 거야
천만다행으로 차는
낭떠러지에서 곤두박질치지 않고
밑에 있는 밭으로 굴렀다가
다시 그 밑에 있는 밭으로 굴러가 처박혔어

정신을 차리고 보니
차가 추락하면서도 뒤집어지지 않았던 거야
지금 생각해도 믿을 수가 없어

그래도 칠성고개와 인제 원통 간의 도로는
나에게는 마魔의 길은 아니었나 봐!

백담사 고행길

이정표를 따라 한 시간쯤 더 달려가 백담사를 왕래하는 셔틀버스 정류장에 도착했다. 그런데 예상과 달리 주차장이 너무도 한산했다.

한여름이라 백담사계곡을 찾는 휴가객들이 많을 것으로 예상했었는데 의외였다.

대한민국 근대사의 한쪽에 기록된 백담사를 나는 언론매체를 통해서만 듣고 보았다.

전두환 전 대통령 부부가 권좌에서 물러난 후 참회하며 기거했던 사찰이라 우리에게도 익숙히 알려져 있었다.

나에게는 이런 역사적 배경이나 사찰에는 별로 관심이 없었다. 그냥 속세에서 멀리 떨어진 깊은 산속에 있을 백담사계곡을 아내와 산행하는 데에 목적이 있었다.

그곳의 맑은 공기, 수려한 산림, 계곡에 흐르는 맑은 물, 이 모든 것들은 아내에게 꼭 필요한 탕약재이기 때문이었다.

차를 주차하고 매표소로 가보니 창구는 닫혀 있고, 사무실 안에 여직원 혼자만 있었다.

버스표를 사겠다고 했더니 이번 폭우로 곳곳에 길이 무너져서 당분간 셔틀버스가 못 다닌다고 했다. 걸어서 다녀오려면 백담사까지는 한 시간 반 정도 걸린다고 안내를 해 주었다.

백담사계곡 산행을 하기 위해 아침 일찍부터 전주에서 여기까지 달려왔는데 거기서 그냥 돌아서기에는 너무나 아쉬웠다. 걸어서 왕복 한 시간 반 정도의 거리라면 버스로 다녀오는 것보다 오히려 잘 된 일이라고 생각되었다. 그리하여 우리는 가벼운 옷차림으로 백담사를 향해 걸어 올라갔다.

"조금만 가면 백담사가 보이겠지. 저기만 돌아가면 도착하겠지."

라고 기대를 하며 곳곳이 무너지고 끊긴 길을 따라 한 시간이 넘도록 올라가도 백담사는 보이지 않았다. 교량들이 무너져 계곡으로

여보야, 이젠 사랑만 하자

건너가야 하고, 흙더미로 막힌 길에서는 산비탈로 돌아가야 했다. 예상치 못했던 길을 아내의 걸음에 맞추어 올라가다 보니 예상 시간보다 훨씬 많이 걸렸다.

보수 작업을 하고 있는 인부들에게 물어보자 한참 더 올라가야 한다는 말에 다리 힘이 쑥 빠졌다. 그래도 거기에서 포기하지 않고 삼십여 분을 더 올라가니 사찰이 눈에 들어왔다.

백담사는 험한 고산계곡에 있으리라 상상했던 것과는 달리 꽤 넓고 편평한 곳에 자리하고 있었다. 사찰 앞에는 작은 내가 흐르고 거기에서 엠티 온 학생들이 물놀이를 하고 있었다.

경내에 들어서자 사찰 본당이 있고 그 우측에는 허술한 사랑채 같은 별채가 있었다.

그 별채의 좁은 마루에,

"제12대 전두환 대통령 내외분이 기거했던 방입니다."

라고 쓰인 판자 간판이 세워져 있었다.

전두환 대통령 내외가 영예롭게 이곳에 기거했었다면 아마 그 표지판도 명필 대가의 서체로 팔만대장경 정도의 목판에 새겨 품격 있게 세워 놓지 않았을까!

한때 대한민국을 호령하던 청와대의 주인 내외가 기거했다는 허술하고 초라한 판자간판이 권력의 허무함을 여실히 보여 주고 있었다.

모든 것을 내려놓고 국민 앞에 참회하며 기거했다는 방이기에 그

텅 빈 방 내부를 샅샅이 들여다보았다. 생각했던 것보다 작은 방은
초라하고 텅 비어 있었다.

여기도 설악산 줄기고
백두대간인가
그래서 산들이 위엄을 부리나?

악산들이 첩첩이 둘러쳐 있고
비좁아 앉을 자리도 모자랄까 했더니
사찰 앞엔 꼭 필요한 만큼 평지도 있다
급하지 않게 흐르는 냇물도 있고…

여기에 사찰을 봉축해
백담사라 명명하고
권좌에서 물러난 나라님 내외가 오거든
문간 별채에 은거케 할 것이니라
또한
한 세월 동안 꼭두새벽마다
예불하고, 번뇌하며, 참회케 하라
어느 고승이 엄명이라도 내렸던가!

여보야, 이젠 사랑만 하자

세상 물기에 젖지 않고
천년 수풀로 걸러온 공기로 숨 쉬고
만년 계곡에서 흐르는 청정수만 마시면
아무나 성인聖人이 될 수 있다더냐!

한 세대 입었던 누더기들을
여기 속죄 수에 삶아 빨아서
여기 바람에 몇 나절 스치고
여기 하늘 아래 널어 두면
해졌지만 몇 자락은 흰 천이 되겠지

그 천 자락 걷어다가
"이젠 세상 물들지 마소서!"
두 손 모아 예불하고
회색 물감으로 염색하여
여기 햇볕에 한 달쯤 말려서
일찍 출가한 여승의 손으로 장삼을 지어
동자승에게 입혀도 되리라!

한 시간쯤 경내를 돌아보고 나오니 벽에는 산사체험 프로그램이
붙어 있었다.

앞으로는 오늘처럼 힘든 백담사 산행은 없을 테니 그때엔 편히 서

틀버스 타고 올라와서 여유 만만히 머물고 싶었다.

　속세를 떠난 불자들이 기거하는 산사에서 숙박하며 사방팔방 백 미터 밖의 세상사는 모두 잊어보고 싶은 곳이었다.

　오늘 만나 보지도 못한 스님들과 차 한 잔 마시며 속세와 거리가 먼 얘기도 들어보고 싶다. 그리고 반세기 넘게 세상사에 물든 내 모습을 저 청정수에 비춰 보면 나는 어떤 모습일까….

　　여기서 먹고 자니 탈이 벗어지더냐?
　　번뇌가 정말로 사라지더냐?
　　세상이 참말로 안 보이더냐?
　　세상 소리가 조금도 안 들리더냐?
　　별스런 사람들도 다 용서되더냐?

　　그다음에 남은 것이 무엇이더냐?
　　사랑이더냐?
　　육십갑자를 넘긴 스님에게
　　꼭 물어보고 싶다

　전주에서부터 운전하고 와, 백담사까지 걸어서 왕복하고 나니 건강하다고 큰소리치던 나도 지쳤다. 하물며 아내는 나보다 몇 배나 더 힘들고 짜증도 났겠지만, 건강을 회복하겠다는 의지로 백담사 고행도 잘 이겨냈다.

　　　　　　　　　　　　　　여보야, 이젠 사랑만 하자

이박 삼일의 여정 중 첫날에 예기치 못했던 발품으로 아내는 지독하게 쓴 백담사 탕약을 마셨다.

"역시 백담사는 아무나 가는 곳이 아닌가 보다!"

1960년대에는 한계령도로가 아주 좁은 일방통행 산악비포장도로였다. 도로 양쪽 입구에서 군인들이 차량을 교대로 통행시켰었다. 그런데 40여 년이 지난 오늘은 깔끔히 포장된 도로를 따라 편히 예약한 리조트에 도착했다.

다음 날 아침 일찍이 산책 나와 동해에서 불어오는 상쾌한 바람으로 얼굴부터 가슴 속까지 샤워를 했다.

리조트 앞에 조성된 정원과 그 아래 호숫가를 우리보다 부지런한 휴가객들이 앞서 거닐고 있었다. 나이가 지긋한 부부들은 여유만만하고, 평안하고, 모든 시름을 다 내려놓은 모습들이었다.

호숫가 길을 따라 내려가니 넓은 초원에 그림 같은 골프 코스가 눈앞에 펼쳐졌다. 골프를 좋아하는 나는 티 박스에서 스윙 한 번도 못 해 보고 돌아서며,

"다음에 와서 라운딩을 꼭 해야지."

예약(?)을 했다.

고성통일전망대

분단국가인 한반도에 살며 강원도 삼팔선 넘어 부대에서 삼 년간 군복무를 한 내가 처음으로 동해안 최북단에 있는 고성통일전망대를 방문하는 날이다.

동해안도로를 달려가다가 잠시 차를 멈추고, 바닷가 모래사장에 내려가 동해의 망망대해를 바라보는 여유도 가졌다.

동해안은 갯벌이 없어 서해안과는 달리 맑고 깨끗하기가 이를 데 없다. 동해를 향해 깊은 숨을 뿜어내니 가슴속에 쌓여 있던 꺼풀들이 날아가는 기분이었다.

파도가 잔잔히 밀려오는 망망대해는
초여름 훈풍 따라 물결치는
우리 고장 청보리밭이다

찰싹거리며 다가온 아기 파도는
우리가 불러 주는 자장가에
발아래에서 스르르 잠이 든다

이 평온한 바다에
언제 폭풍노도가 지나갔더냐?
새근새근 잠자는
아기천사의 숨소리만 들리는데…

여보야, 이젠 사랑만 하자

멀리서 바다를 스쳐오는 바람결은
내 얼굴을 어루만져 주는 모나리자의 손결이다
연인이 둘러 주는 실크 스카프다
나는 그 여운에 흐뭇한 미소를 지으며
지금 마냥 행복하다

여보야
지금 이 동해바다처럼
지금 스쳐오는 이 바람결처럼
모든 이가 흠모하는 우리가 되자
이제부턴
두 손 꼭 잡고 속삭이며 걷자

세상이 우리를 속이고 샘할지라도
우리는 행복하다고 기쁜 노래만 부르자
받은 축복 크고 많다고 감사만 하자
아쉬워도 버려야 할 것 다 버리자
그리워도 잊어야 할 것 모두 잊자
아픈 기억부터 그럴 염려까지
동해를 향해 다 묶어서 내던지자
보이지도 않을 만큼
멀리, 멀리, 저 멀리…

역풍이 불어오지 않을 그쪽으로…

그리고
이 동해바다에도
이 스쳐가는 바람결에도
미안해하지 말자
"고맙다. 안녕히!"
라고만 하자

　아내는 지금 내가 무슨 생각을 하고 있는지 눈치라도 챌까? 차라
리 아무것도 모르고 그냥 저 바다, 저 바위들, 저 멀리 보이는 설악
산만 눈에 담으며 행복한 외출이 되기를 바랐다.
　해변에 펼쳐진 풍치에 취해 달리다가 멈추기를 거듭하며 고성통
일전망대에 도착했다.

저기 보이는 곳이 이북의 동해바다
거기에도 우리 땅이
우리 해변이 이어져 있고
우리 바닷물이
밀려가고 밀려오는 한반도다

　　　　　　　　　　　　　여보야, 이젠 사랑만 하자

사상이 다른 몇 사람의 광기로

한 반도는 철책으로 가로막혀 있을 뿐이다

특별히 구경할 것이 있어 온 곳이 아니기에 전망대에서 멀리 보이는 이북 산과 바다를 두루두루 바라만 보다 돌아서도 허탈하지 않았다.

강원도 고성 건오징어 맛이 최고라고 호객하는 여점원의 강원도 사투리에 유혹되어 우리도 한 축 사 들고 매점을 나왔다.

때가 한참 늦은 점심을 때우기 위해 도로변에 있는 가정집 같은 식당으로 들어갔다.

강원도 춘천막국수를 흉내 낸 막국수는 우리 동네 할매국수 맛 정도인데 육수 맛만 다른 듯했다.

나는 춘천에 있는 강원대학교에서 전국 국립대학 기획처장 회의에 참석했을 때에 춘천 근교 호숫가에 있는 허름한 식당에서 정통 춘천막국수를 먹어 본 적이 있다.

그때 먹었던 춘천막국수 맛이 아직도 가시지 않았는지 오늘 먹은 춘천막국수에 낙제 점수를 주었다. 그래도 주인마님은 강원도 별미 춘천막국수라고 선전 같은 자랑을 늘어놓았다.

반나절의 망상

오후 반나절이 넘은 시간에 숙박 예약도 하지 않고 달려가는 우리의 목적지는 강원도 정선카지노호텔이었다.

건전하고 긍정적인 평가보다는 부정적인 풍문으로 한때 언론매체를 달궜던 곳이다.

관광지로 개발하여 몰락해 가는 폐광촌의 지역경제를 살리겠다는 취지로 설립된 카지노다.

그러나 지금은 대박의 꿈을 날리고 사업은 물론 가계의 생계까지 파탄 낸 장부(?)들의 후회와 한탄이 서려 있는 곳이기도 하다. 그런 곳인 줄을 잘 아는 우리 두 부부도 그곳을 향해 비탈진 산등성 도로를 달려갔다. 혹시나 하는 대박의 김칫국을 마시며….

"우리도 몇 만원씩만 투자하여 이곳을 다녀가는 기념으로 슬롯머신이라도 당겨 봐야지? 대박이 터질지 누가 알아?"

슬롯머신 당겨 봤자 빈손 털고 씁쓸한 입맛 다시며 일어설 게 뻔한 데도 우리네의 허황한 꿈은 좁은 차 안에서 날개를 쳤다.

서둘러 달려왔건만 카지노호텔에 도착했을 때는 이미 해가 지고 어둠으로 뒤덮인 고산준령의 카지노호텔 불빛만 번뜩거렸다.

우리처럼 늦게 도착한 사람들이 주차 공간을 찾느라 우왕좌왕하는 사이에 나는 아예 멀찍이 주차하고 호텔 안으로 들어갔다. 도박장으로 들어가려는 사람들이 줄 서 있고, 그 안에서 슬롯머신 돌아가는 소리가 요란하게 들렸다.

나는 예약도 안 한 주제에 체크인 데스크로 가서 일박하겠다고

여보야, 이젠 사랑만 하자

했더니 예약했느냐고 물었다. 내 입에서 안 했다는 대답이 나오기도 전에 카운터의 미스 김이 카지노 입장도 예약하고 대기해야 된다는 묻지도 않은 설명까지 해 주었다.

차 안에서 공상했던 대박은커녕 우리는 그 카지노 호텔에서 일박할 자격도 못 얻었다. 허황한 반나절의 꿈이 여지없이 어둠 속으로 사라져 버리는 순간이었다.

하기야 투숙도 예약하고, 머신 당길 준비도 격에 맞게 했어야지….

반나절 동안 달려오는 좁은 차 속에서 푼돈으로 대박을 꿈꾸었으니 소박맞아도 서운해 할 염치도 없었다.

우리는 바로 호텔 밖으로 쫓겨나듯 나왔지만, 이제 그 높은 산중에서 숙박할 곳을 찾는 것이 급선무였다.

그때에는 산등성에 카지노호텔 하나만 있었고 주변에 편의시설이나 숙박시설이 없었다.

별수 없이 깜깜한 산간도로를 되돌아 20여 분 내려왔다. 그때 멀리 산 밑에 불이 밝혀진 모텔 간판이 눈에 들어왔다. 우리는 무조건 그 모텔로 들어갔다. 다행히 빈방이 있어서 숙박계를 쓰고 방으로 들어갔다. 그런데 방바닥과 이부자리를 보니 온몸이 근실거렸다.

오늘은 우리가
반나절 동안 공상인지 망상인지
분간도 못 한 기념적인 날이었다

카지노호텔의 오색 현란한 불빛은
우리의 얼굴을 번갈아 비추며
너희들, 푼돈 망상족들 왔구나 했겠지…
하룻밤도 못 재워 준다며 소박 주어
호텔 밖으로 나가라 했다

푼돈으로 대박을 터뜨리려 했으니
우린 거기 물만 흐릴 뻔했다
작심하고 온 대박꾼들에게
"빨리 자리나 비켜!"
우린 뒤통수만 맞을 뻔했다

망상의 짙은 선글라스를 썼으니
대박 망상으로 삶을 잃고
어슬렁거리는 그림자들이 보였을 리가…
망상에 빠지기만 하고
망상 늪에는 못 빠졌으니 다행이었다

잘 쫓겨났다!
쫓겨난 것이 대박이었다
이 밤이 다 가도록
날아간 푼돈이 잠을 설치게 했을 텐데…

여보야, 이젠 사랑만 하자

잘 쫓겨났다!
오늘도 감사할 그것 있으니
편안히 잠에 푹 빠지자
여보야!

아내는 반나절 동안
좁은 살롱에서 힘들었지만
망상도 함께하며
즐거운 오후를 보내고 곤히 잠들었다

귀향길

엊저녁에 카지노에서 슬롯머신 한 번 당겨 보지 못하고 어둠 속의 산길을 내려왔지만, 뒷맛은 씁쓸할 것이 없어 아침 기분이 상쾌했다.

그래도 정선을 떠나오면서 카지노가 있는 산등성이를 바라보니 여운과 아쉬움이 신기루처럼 아른거렸다.

좁고 굽은 일차선 산간도로를 돌고 돌아 수려한 산과 계곡을 쉬지도 않고 달렸다.

본래 대로가 좋은 자연을 헤집고, 자르고, 깎아내고, 펼쳐 놓은 도로에서 한나절을 보냈다.

비좁은 살롱에서 두 부부는 세상 이야기, 자기네 이야기, 남 이야기로 지루함을 잊었다.

여보야
산행에선 고행하며 걷고
차에선 멀미 참아내느라
힘든 여행이었지?

아픔도 못 견디어 달아났을 거야
아직도 남아 있는 것들은
저 산등성 너머로 던져 버리고
행여 남은 것은
저 아래 계곡 물에 띄워 바다로 보내자

이젠 집에 가서
비바람 치기 전에 대문을 닫고
입동이 오기 전에 문풍지를 바르자

내년 삼월이 오면
대문을 활짝 열어 놓고
문풍지도 떼어 내자
훈훈하고 상쾌한 동남풍이
솔솔 불어 들게

봄날 아침마다

여보야, 이젠 사랑만 하자

창문을 활짝 열어두고 마당에 나와

솟아오르는 붉은 태양을 향해

온몸으로 기지개를 켜자

걸으며 본 세상

나들이를 일삼고

아내와 나의 나들이는 출석 체크하고 강의 받는 학생의 일과처럼 되어야 했다. 그동안 챙기지 못했던 우리 부부의 일상이 새로운 패턴으로 바뀌었다.

집에서 가까운 반나절이나 하룻 거리 나들이는 일상이 되었고, 제주도, 남해안, 동해안, 서해안의 크고 작은 섬들, 덕유산, 속리산, 지리산, 설악산 등등을 방학 때마다 돌아다녔다. 그리고 내륙 곳곳 산사와 계곡을 기억해 낼 수 없을 만큼 많은 곳을 찾아다녔다.

미국, 중국, 유럽, 호주 등 외국 여행도 기회가 되는대로 함께 다녔다.

여행으로 치유되고, 삶에 활기를 얻고, 지난날들을 되돌아보며 우리 부부의 심신은 날로 새로워져 갔다.

몹시 힘든 산행도 아내는 참고 인정사정도 없이 성깔 부리는 남편의 눈썰미가 무서워서라도 포기하지 못하고 동행했다.

내가 언제 이처럼 한가한 나들이를 하며 살아왔던가? 초등학교부터 대학교를 졸업할 때까지 수학여행 한 번 가보지 못했던 나였는데….

우물 안 개구리처럼 갇혀 살고 싶어서가 아니라 그 개구리처럼 나갈 수 없었기 때문이었다.

내 배움 앞에는 늘 '아르바이트'가 먼저였고, 그것이 내 학업을 이어 가는 순리였다. 그 순리에 따라 오늘의 내가 있고, 아내의 남편이고, 두 아들의 아빠가 되었다. 그리고 대학에서 38년간 교수로서 재직하다가 부끄럽지 않게 강단을 떠날 수가 있었다.

제주도는 그만두고 전주에서 가까운 위도나 선유도도 가 본 적이 없었다. 요사이는 전주에서 버스로 한 시간 이내 거리에 있는 변산 해수욕장도 대학을 졸업한 후에야 가 봤다.

해변은 늘 맑고 파란 하늘 아래 푸른 바닷물이 크고 작은 파도를 치며 밀려오는 곳으로 상상했었다. 그런데 처음 변산 해수욕장에 가서 바라보던 바다는 기대와는 너무도 달랐다.

진흙 벌이 장황하게 펼쳐져 있고, 흙탕물이 얇은 멍석이 깔리듯 밀려오고 있었다. 그래도 그 해변을 보고 나는 감탄했었다.

우리 부부가 쉼도 없이 연중 내내 나들이하며 만나는 사계절 산야는 날마다 새롭고 아름다운 풍경을 연출해 주었다.

예전에는 눈으로만 보고 지나쳤던 산야와 강 그리고 바다를 마음으로 보고 가슴으로 안았다.

여보야, 이젠 사랑만 하자

자연은 365개의 작품을 매일매일 새롭게 연출해 전시해 주는 박물관이었다.

사계절을 노래하며

봄

봄은
무지개의 한 토막을 잘라다가
부드러운 붓 깃으로 저어서
화폭에 담은 신록 여신의 수채화다

산야를 물들인 온 꽃무리는
벌 나비만 부르지 않고
비발디 사계의 봄 선율로
우리에게도 메아리쳐 온다
이 신세계의 상춘객이 되라고…

두렁 길가엔 민들레
앞산엔 진달래

한길 가엔 벚꽃무리
과수원은 복사꽃 무릉도원
우리는 꽃 누리에 묻혀
꽃 마음으로
꽃처럼 환한 미소를 짓는다

행여 햇살에 눈부실까
아지랑이 베일로 가려 주고
창공으로 날아오른 종달새는
목 놓아 세레나데를 부른다

풀숲에 숨어 있는 짝들이
먼저 듣고 흘려보내 준 그 연가를
임과 함께 듣는다

장다리꽃밭에 숨은 이팔소녀는
임이 그리워 봄 연가를 부른다
그 노래 듣는 임은
이팔소년이 아니면 어떠리
봄노래 들어 주고
함께 불러 줄 그 임은
사랑하는 봄 전령사니까

여보야, 이젠 사랑만 하자

여름

꽃과 신록을 두르고 온 봄은
"산야를 녹화하라, 열매 풍성히 맺으라."
당부하고
"봄 처녀 제 오시네."
노래 부르더니 어느새 갔더라!

마디마다 맺은 망울들은
보슬비 뿌려 주고
햇볕 따사로이 비춰 주니
공깃돌만큼 자랐구나!

행여나 떨어질까 녹색포로 감싸서
센 바람, 장대비 한여름 내내 막아 주니
탐스러움이 풍만하다

삼복더위에 피서 온 객들이
탐낼까 하늘에서만 보이고
땅에서는 닿지 않게
꼭꼭 숨어 있으라 했나 보다

여보야, 보이지?

저기 매실, 저기 다래, 저기 으름,

저기 산머루 송이, 저기 감꼭지도…

우리도 불청객이다

그냥 안 본 체하자

더 가리고 더 숨어들까 싶다

그래도 칠월 청포도 넝쿨은

우리를 오라 너울춤 춘다

푸른 알알이 총총히 박힌 송이들은

아직 가을이 아니라도

새콤달콤한 맛 아는 이들만 부른다

찜통더위 피서는 어디로 가나

검게 그을려도 좋을 해변으로 가나

폭포수가 부서지고

왕매미 울어대는 계곡으로 가나

따끈따끈한 찰옥수수

두 세알씩 따 먹으며

구천동계곡 따라 걸으면

여보야, 이젠 사랑만 하자

찜통더위가 시샘하겠지

"후유, 더워 죽겠네!"

구천동 계곡/노병준

안 하니까

일상을 다 잊고
심산유곡에 한여름 내내 묻혀서
폭포수가 부서지는 바위에 홀로 앉아
자작 풍류시라도 읊으면
거기가 여름 천국이려니

여름 내내 물 흐르고
울창한 숲길 구천동계곡이 아니라도
산들바람 멎지 않고
산새들이 지저귀는 우리네 뒷산이 있으니
가직한 그곳도 선택받은 피서지로다

늦여름까지 꽃망울 맺는 백일홍에게
너만은 백일 내내 꽃피워라
당부한 화신이 있었나
삼복더위도 견뎌내며
화사하게 피어 있는
너, 백일홍百日紅아!

백일홍, 너는

여보야, 이젠 사랑만 하자

한여름 내내 피고 지다 지쳐서
네 혼이 백발이 되었나
너는 백일홍이 아니다
네 자태 그대로
백화白花라 이름 하면 좋으리

백일홍아, 백화야,
네 이름이 무엇이면 어떠리
너희가 세 번 피면
쌀밥 먹는다 했지?
고맙다! 사랑한다!

가을

한길 가에 하늘거리는 코스모스
콩밭에 목 숙인 꺽다리 수수
늘어진 가지에 주렁주렁 매달린 대추
탐스럽게 붉어지는 사과
넝쿨 채 뽑히는 밤고구마
장대 맞고 우수수 쏟아지는 황금 알 은행
흔들면 두두 둑 떨어지는 왕 밤알

끝없이 펼쳐진 황금벌판
…………
이렇게
가을은 탐스럽고 풍성하다

봄부터 긴 여름 내내
뙤약볕에 땀 흘린 농부들에게
"부지런히 가을걷이하라!"
명命이 내린다

"산동네 거민들은
도토리, 상수리, 다 주어 가지 말고
다람쥐 겨울날 먹이로
낟알을 간간히 흘려 두어라!
그리고
까막까치가 쪼아 먹을
홍시 몇 개쯤도 남겨 두고…"

"논밭에는
아낙들이 주어 갈 이삭도 흘려 두고
헛간에는
왕겨 헤집는 참새들의 모이로

여보야, 이젠 사랑만 하자

키질할 때 싸라기까지 받지 말게나."

부지런한 농부네 식솔들아
풍족히 거뒀으니

곶감 깎는 아낙네들/노병준

감사하며 나누고
사랑하며 살기에 족하지 않은가

한가히 노래하던 매미, 풀벌레들
장다리꽃밭에서 춤추던 나비들은
한 세월동안 편히 놀며 즐겼으니

거두지도 말고, 먹지도 말고, 영면하라!
그래도 지키라는 지상명령
"오는 봄에 꼭 부화될 유정 알 낳아
깊숙이 숨겨 동면케 하라!"

겨울

여보야, 우리도
봄, 여름, 가을을 여행했으니
겨울엔 군불 땐 아랫목에서
솜이불에 네발 묻고
새봄을 그리며 겨울 연가를 부르자

여기 겨울 산야를 보라
낙엽은 하얀 이불을 두툼히 덮고
흙은 푹신한 낙엽 속에서
겨울잠을 잔다
씨알을 가슴에 포근히 품고서…

당신은 봄을 잉태한 천사
엄동설한 입덧에도

여보야, 이젠 사랑만 하자

삼월에 태어날 봄을 기다리며
지금은 행복한 꿈을 가꾸고 있지
봄은 우리 부부가 지은 태명이다

하얀 크리스마스가 오면
여보야, 우리 함께
뜰에 펴놓은 흰 캔버스에
새봄을 그리자
봄꽃들을 모두 모두
춤추는 노랑나비, 호랑나비
윙윙 날아드는 꿀벌들도…

화창한 새 봄날에
당신은
불그스름히 피어날 복사꽃처럼
환하게 웃을 거야
종달새보다 아름다운 목소리로
봄노래를 부를 거야
봄의 전령사가 될 거야!

아직 동지섣달 한겨울에는
우리의 화랑에서 '봄꿈'을 노래하자

무엇이었나?

그놈의 재주?

우리 곁에는
살얼음이 얼기 전에 급류에 띄워 보낼
그놈이 있다

북풍으로 날려 보낼
그놈이 있다

그놈에겐
우리의 시공간을
함께 묶어 주는 묘한 재주가 있다

초원을 달리는 야생마 같던 나를
슬로시티로 몰아넣는 재주도 있다

그놈은
참으로 대단한 재주꾼이다

같은 시간에

여보야, 이젠 사랑만 하자

같은 곳에서
세상 바람을 함께 맞게 한다

같은 시간에
같은 곳에서
풀꽃 들판에 다정히 앉아
클로버 커플링을
두 개 만들어 나눠 끼게 한다

같은 시간에
같은 곳에서
커피 한 잔 나눠 마시며
오늘내일 사는 얘기
반씩 나눠 소곤거리게 한다

같은 시간에
같은 곳에서
우산 하나를 반쪽씩 받고
장맛비 사이로 용히 피해 가게 한다

같은 시간에
같은 곳에서

사랑하며 건강하게 살자
네 손 모아 잡고 기도하게 한다

그 시간에
그곳에서
너희들은 부부다!
우레 같은 하늘 음성을 듣게 해 준다

그놈의 재주일까?
하늘의 자비일까!

여보야, 이젠 사랑만 하자

Episode 06
그때 뇌진탕이었다

식탁 사고

아내가 유방암 수술을 받은 다음 해 7월 하순에 강원도에 있는 D콘도로 여름휴가를 떠났다.

벤처기업을 하는 친구가 그 콘도회원권을 가지고 있어서 다른 교수 부부와 세 가족이 함께 그곳으로 휴가를 갔다.

세 부부가 한 숙소에서 기거하며 모처럼 즐겁고 한가한 시간을 보냈다.

그런데 이틀째 되던 날 아침 식사시간에 예기치 못한 불상사가 아내에게 발생했다.

콘도에는 네 사람 기준으로 식탁과 의자가 마련되어 있고, 추가로 원형목재의자 두 개가 있었다.

아침 식사를 위해 모두 식탁에 앉는 순간 아내가 앉으려던 원형 목재의자가 옆으로 미끄러져 벽에 머리를 부딪치고 바닥으로 넘어 졌다. 아내는 정신을 잃고 바닥에 쓰러진 채 한참 있다가 정신을 차 리고 겨우 일어나 바닥에 앉았다.

콘도 의무실로 긴급히 연락을 했지만, 의사는 없고 간호사와 사 무직원만 있었다.

그들이 와서 혈압과 맥박을 재보고 별다른 증상이 없다고 돌아 갔다.

머리를 벽에 심하게 부딪쳐 정신을 잃었다가 깨어났는데 혈압과 맥박만으로 이상 증상이 없다고 하는 그들이 미덥지 않았다.

식사가 끝날 때까지 아내가 특별한 증상을 보이지 않아 남자들은 필드에 나가 운동을 하고, 점심때가 넘어 들어왔다. 그때에 아내가 심한 두통과 어지럼증을 앓고 있었다. 의무실에 다시 연락하여 인 근 병원으로 갈 구급차를 부탁했지만, 응급차는 외부에 나가서 없 다고 했다. 외부 병원에 연락을 했지만, 구급차도 바로 올 수가 없다 고 했다.

몇 시간을 기다린 후, 오후 여섯 시가 다 되어 도착한 콘도의 비상 용 구급차를 타고 홍천에 있는 병원으로 급히 출발했다.

휴가철에 토요일까지 겹쳐 평상시에는 사십 분이면 간다던 병원

여보야, 이젠 사랑만 하자

까지 두 시간 가까이 걸렸다.

도착하자마자 응급으로 MRI, CT, 혈액검사 등 필요한 검사를 모두 받았다.

검진 결과 현재로써는 특별한 이상 증상이 나타나지 않는다고 하며, 간단한 약 처방만 해 주었다. 그래도 나는 혹시나 전주에 가서 병원에 가게 될 경우에 대비하여 MRI, CT 사진 등 검사 자료와 의사 소견서를 받아 가지고 콘도로 돌아왔다.

별다른 이상이 없다던 아내의 증상은 그날 저녁에 조금도 호전되지 않고 오히려 두통과 어지럼증세가 더 심해졌다. 그리하여 휴가 일정을 모두 취소하고 다음 날 아침에 일찍이 전주로 출발했다.

강원도의 굽은 산간도로와 휴가철에 밀리는 교통 체증으로 영동고속도로에 진입하기까지 평소 때의 두 배나 시간이 걸렸다.

전주에 가장 빨리 가기 위해서는 영동고속도로에서 중부고속도로로 진입해야 한다. 그리고 중부고속도로에서 경부고속도로로 진입해 대전까지 가다가 호남고속도로 진입해야 가야한다.

그런데 나는 정신없이 달려가느라 중앙고속도와 중부고속도로를 착각하여 중앙고속도로로 진입했던 것이다.

중앙고속도로는 개설된 지 오래되지 않아 내가 한 번도 가본 적이 없었다. 그리하여 중부고속도로인지 중앙고속도로인지 '중'자에만 신경 쓰다가 그런 실수를 범했다. 나는 그것도 모르고 한참을 달리다 밖을 보니 중부고속도로에서 눈에 익었던 산이나 시골 풍경,

그리고 휴게소가 보이지 않았다. 생소한 지역 풍경들만 눈에 들어왔다. 이상한 생각이 들어 차를 갓길에 세우고 지도를 펴보니 전주 방향과는 엉뚱한 방향으로 달려가고 있었다. 고속도로에서 차를 돌려 되돌아갈 수도 없고 계속 달려가다가 출구에서 빠져나가는 수밖에 없었다. 중앙고속도로에서 빠져나와 지방도로를 달리다가 중부고속도로로 진입하기까지 한 시간여 헤맸다.

> 내비게이션이 그때 개발되었으면
> 그 고생을 하지 않았을 텐데
> 아니다! 그것은 서둘기 잘하는 내 탓이다
> 그래도 속상하기는 마찬가지였다

조수석에 벨트로 묶여 누워 있는 아내는 차멀미는 뒷전이고, 두통이 심하여 내가 어디에서 헤매고 있는지도 모르고 있었다.

아내는 드라이브할 때마다 이정표 잘못 본다고 나한테 핀잔을 많이 받았었다. 그리고 지금도 스스로 길치라고 자인하는 아내다. 그런데 그날은 아내와 내가 함께 속상하지 않아서 그것만은 다행이었다.

결국 예상했던 시간을 훨씬 넘겨 오후 4시경에 전주 모 종합병원 응급실에 도착했다.

여보야, 이젠 사랑만 하자

응급실에서

응급실에는 응급환자들의 신음 소리, 의사, 간호사를 부르는 고성과 숨 멎어 가는 환자를 부둥켜안고 통곡하는 소리에 정신이 없었다.

휴가철과 휴일이 겹쳐 여느 때보다 교통사고 응급환자들이 많았다. 급히 접수를 하고 강원도 H병원에서 가져온 진료자료와 사진을 제출했지만, 20시간 전에 찍은 사진들은 거들떠보지도 않고 MRI, CT, 혈액검사 등 종합검진을 다시 응급으로 실시했다.

검사결과는 여섯 시간이 넘어가도 감감소식이었다. 기다리다 못해 의사와 간호사에게 수차례 물어봤지만, 검사결과가 아직 안 나왔다는 대답만 반복해서 들었다.

드디어 담당 의사(레지던트)가 와서 검사결과를 자기가 대충 검토해 봤는데 별다른 증상이 없다고 했다. 그리고 잠시 후에 와서 종합적으로 검사결과를 설명해 주고 퇴원 처방을 해 주겠다고 했다. 그때가 밤 11시가 조금 넘은 시간이었다.

그런데 잠시 후에 온다던 의사는 응급실에서 어디로 사라졌는지 감감소식이었다. 정신 못 차리는 간호사에게 묻기를 수차례, 간호사는 그때마다 전화를 안 받는다며 자기들도 급히 찾고 있다는 말만 되풀이했다.

참 아리송한 느낌이 들고 뭔가 짜고 치는 고스톱 같다는 생각도 들었다. 잠시만 기다리라던 담당 의사는 오지 않고, 시간은 다음 날 새벽 세시가 넘어가고 있었다.

아수라장같이 소란한 응급실에서 아내는 한쪽 구석으로 밀려나 신음만 하고 있었다. 아내 침대 옆에서 앉을 자리도 없이 서성이고 있는 남편의 인내는 그야말로 한계를 벗어나 있었다.

잠시 후에 온다던 그 의사는 네 시간이 넘게 지나 새벽 세 시 반쯤 되어 단정하고 깔끔한 모습으로 나타났다. 나는 그를 보자마자 반갑기는커녕 참았던 화가 폭발했다.

"아니 금방 온다던 사람이 어디 갔다 이제야 오는 거야? 지금 몇 시야?"

라고 반말로 호통을 쳤다.

그 의사는 아무런 대꾸나 반응도 없이 퇴원 처방만 내리고 가 버렸다. 나는 바로 퇴원 수속을 마치고 집에 들어오니 월요일 새벽 5시가 넘었다.

"종합병원 응급실이 이런 곳인가! 한숨만 푹푹 내뿜었다."

24시간 동안 식사도 제시간에 못하는 응급실 수련의들은 한밤중이 되면 연락을 끊고, 잠시 눈을 붙인다는 이야기를 나중에 들었다. 연락이 안 된다는 대답만 반복했던 간호사의 진의를 알 수 있었다.

여보야, 이젠 사랑만 하자

다시 동네병원에

아내의 두통과 어지럼증은 여전했다. 더 이상 집에서 호전되기를 기대할 수가 없어서 완전히 치유될 때까지 입원 치료를 받을 계획으로 가까운 개인병원으로 다시 입원했다.

그곳에서도 CT, MRI 등, 종합검진을 다시 실시했다. 이 병원에서도 진료기록, 의사 소견서, 복사해 온 사진들은 거들떠보지도 않았다. 며칠 사이에 아내는 온갖 방사능에 세 번이나 흠뻑 빠졌다 나왔다. 아무리 건강한 사람이라도 이 정도면 안전할 수 없겠다는 생각이 들었다. 이 병원에서도,

"검사결과는 특별한 증상은 안 보이나, 사고 후유증은 언제 다시 나타날지 모른다."

는 진단이 전부였다.

"안 아파서 병원에 안 오면 되지…."

라고 혼자 속앓이만 했다.

그 병원에서 4박 5일간의 입원 치료로 증상이 완화되어 퇴원했지만, 그 후에도 수시로 두통과 어지럼증으로 병원을 드나들었다.

이렇게 예기치 못한 아내의 사고로 악몽 같은 추억 하나만 남긴 여름 휴가가 끝났다.

몇 년이 지나 아내가 교통사고를 당해 뇌 CT 촬영에서 오래전의 뇌출혈 흔적이 발견되었다.

생각건대, 그때의 뇌진탕으로 있었던 뇌출혈 흔적이 아니었는 지….

억울할 때도 인내하고
아플 때도 인내하고
심령이 망가져 갈 때도 인내하고
인내할 힘이 다할 때까지
인내할 수 있다면…

인내의 끝은 스트레스
스트레스는 신병을 수태시킨다
결국
임산부는 제왕절개 수술을 받아야 한다

여보야, 이젠 사랑만 하자

Episode 07
잔인한 이벤트

후회막급한 나들이

아내도 회갑이 눈앞이다. 아내는 그동안 종합병원이라는 별명을 달고 살아왔다. 보통사람들이 살면서 겪는 크고 작은 병치레는 애교였다.

위암 수술, 유방암 수술, 우울증, 알레르기, 어지럼증, 저혈압에 저혈당, 이석 현상 등등에 뇌진탕 사고까지 다 겪었다.

결혼하여 38년째 되는 2월 말에 나는 나름대로 열심히 그리고 성실히 임무를 다했다고 자부하며 '황조근정훈장'을 목에 걸고 대학 정문을 나왔다.

황혼에는 건강하고 성실하게 그리고 선한 일 하며 감사한 마음으로 살아가기를 소망했다.

그러나 그것은 나의 안일한 꿈이었는지, 아님 세상이 시기했는지 나를 그대로 놓아두지 않았다.

2010년 3월 마지막 주일, 정년퇴임을 한 지 막 한 달이 지났다. 동료 교수 사모로부터 함께 나들이하자는 전화를 아내가 받았다.

나는 그날이 주일이라 교회에 다녀오면 시간이 어중간하고 코스도 탐탁지 않아 맘이 내키지 않았다. 아내도 나와 생각이 같아 다음 기회로 미루자고 전했다.

그런데 다른 날은 일정을 잡기가 어려우니 그날 가자는 전화가 아내에게 다시 왔다. 그래도 나는 가고 싶지 않아 다음 기회로 미루라고 아내에게 다시 말했다.

아내도 망설이다가 다시 전화를 했지만, 상대방의 사정에 밀려 3월 28일 일요일 그날로 약속이 번복되었다.

우리 부부는 교회에서 예배를 마치고 곧장 약속 장소로 갔다.

세 부부가 두 차에 남자 여자 따로 나눠 타고 목적지인 금강하구로 향했다.

전주에서 그곳까지는 40여 킬로미터이고, 전군자동차 전용도로로 가다가 금강하구로 가는 코스였다.

그런데 앞서가던 우리 차가 이정표를 지나치고 말았다. 자동차 전용도로라 도중에서 유턴할 수도 없어 군산공항 가까이 가서 되돌아왔다.

여자들이 탄 차는 무슨 영문인지도 모르고 우리를 뒤따라왔다.

여보야, 이젠 사랑만 하자

금강을 가로질러 수십 개의 수문이 설치된 제방 위로 전북에서 충남으로 건너가는 사차선도로가 개설되어 있다. 우리가 그 금강 하구 둑 중간쯤 다다랐을 때에 신호에 걸려 차들이 백여 미터쯤 앞에 멈춰 있었다.

아내가 탄 차는 줄곧 우리 뒤를 따라오다가 도중에 다른 차 한 대가 끼어들어 우리 차선 맨 뒤에 멈춰 있었다.

갑자기 '쾅, 쾅쾅' 충돌하는 굉음이 들리더니 뒤차가 우리 차를 추돌하고 우리 차도 앞차를 추돌했다. 나는 아내가 탄 차가 번뜩 생각나 급히 나가 보았더니, 코란도 승용차가 아내가 탄 차를 추돌하여 4중 추돌사고를 낸 것이었다.

아내가 탄 차를 운전하던 사모와 조수석에 탄 사모는 앞뒤로 머리를 충돌하여 정신을 잃고 있었다. 아내는 운전석 뒷자리에 앉아 있다가 천장에 머리를 부딪치고 앞문과 뒷문 사이 지지대에 왼쪽 어깨를 부딪쳤다. 그 충돌로 정신을 잃고 의자와 문 사이에 끼어 꼼짝도 못 하고 신음만 하고 있었다. 머리가 부딪쳐 정신을 잃은 탓도 있었지만, 왼쪽 어깨의 심한 통증 때문이었다.

아내를 겨우 끌어내 앰뷸런스에 태우고 우선 하굿둑 건너편에 있는 주차장으로 옮겨 갔다. 거기에서 잠시 사고 처리를 한 후 전주에 있는 Y병원으로 직행했다.

도착하자마자 교통사고 환자라 CT, MRI 등등은 기본이고 온몸 각 부분마다 엑스레이 사진을 수도 없이 찍어댔다. 아내가 병원에 갈 때마다 찍어대는 엑스레이 촬영에 나는 노이로제 환자가 다 되었다.

산산 조각난 어깨뼈

MRI 촬영할 때 엑스레이 기사가 나에게 촬영하는 동안 아내의 팔을 잡아 달라고 부탁했다.

나는 졸지에 엑스레이 촬영 보조기사가 되어 방사능 차단 조끼를 입었다. 그리고 아내의 왼쪽 팔을 잡고 MRI 기계 입구에 서 있어야 했다.

쇠가 마찰하며 내는 소름 끼치는 공명 소리가 들리기 시작했다. '뽀드득뽀드득' 생이빨 가는 소리를 듣는 것처럼 소름이 끼쳤다.

세상에서 아무나 못 하는 체험 또 하나가 내 생애에 기록되는 순간이었다.

내가 퇴임을 하니
황혼에 해이해질까 염려라도 해줬나!
건강해진 아내에게 시기 질투라도 났나!
내막도 모르게 터트린 짓은
너무도 비겁하고 잔인했다

이젠 아내를 마魔가 조롱을 하나!
몇 해를 더 살아야
아내는 병마에서 자유로워질까!
하늘을 향해 나는 또 부르짖었다

여보야, 이젠 사랑만 하자

묵묵부답만이 내 가슴에 매질을 했다

아무나 못 하는 별일들을
하도 많이 치르기에
초라하고, 한심하고, 억울해서
바보 그림자도 보기 싫다

아직도 다 못 풀린 실타래는
아내와 내가 못다 푼 명주 실타래였나!
다 풀렸으리라 생각했던 우리를
비웃고 조롱이라도 했나!
쇠심줄보다 질기고도 긴 실타래가…

간호사와 기사가 컴퓨터 화면에서 아내의 왼쪽 어깨 사진을 보더니 놀라는 표정이었다. 어깨뼈가 부러진 것도 아니고, 조각조각으로 부서져 있었던 것이다.

이렇게 부서진 어깨뼈의 통증을 참아내는 것이 초인적이라고 수군거리는 소리가 내 귀에까지 들렸다.

병실로 돌아와 진통 주사를 놓고, 약을 투약하고, 진통패치를 목에 붙여도 아내는 통증을 참지 못해 몸부림을 쳤다. 부서진 왼쪽 팔은 땡땡 부어서 옷을 가위로 잘라 벗겼다.

뼈를 깎는 아픔이라더니 아내가 그 고통을 겪고 있다.

이렇게 잘게 부서진 어깨뼈 수술은 서울에 있는 전문병원으로 가는 것이 좋겠다고 간호사들이 조언까지 해 주었다.

수술은 바로 할 수도 없고 부기가 빠진 후에 상태를 재검진하여 결정해야 하기 때문에 삼사일 후에나 가능하다고 했다.

어쩌면 이정표를 지나쳐 되돌아오면서까지 그 둑 위, 그 자리에서, 사고 타이밍을 정확히 맞출 수 있었는지….

그날의 만남을 몇 번이나 미루라고 아내에게 강요면서도 끝까지 취소하지 못했던 내가 원망스러웠다. 강하고 고집 세다는 남편이 왜 그때는 아내에게 양보의 미덕(?)을 발휘했는지 내가 나를 용서할 수가 없었다. 그것도 예감이 극히 안 좋아 몇 번이나 아내에게 반대하면서까지….

부서진 아내의 어깨 통증은 가라앉지를 않았다. 조금이라도 통증을 더 줄이기 위해 강한 진통제를 투약하면서도 진통효과가 강하다는 패치까지 목에 붙여주었다. 그러자 이젠 통증에 어지럼증과 구토증상까지 겹쳐왔다.

교통사고 환자인지라 뇌출혈을 의심하여 다시 뇌 CT를 촬영해 봤으나 뇌출혈 증상은 나타나지 않았다. 그러나 아내의 어지럼증과 구토증상이 멎지를 않았다.

아내가 너무 심한 어지럼증을 호소하자 의사가 패치가 어지럼증과 구토를 일으킬 수 있다는 얄미운 소리를 하며 패치를 떼어 줬다.

여보야, 이젠 사랑만 하자

그제야 아내의 어지럼과 구토 증상이 가라앉았다.

기계공학을 평생 교육하고 연구해 온 나로서는 의사의 처방을 이해할 수가 없었다.

"기계를 수리하는 것도 아니고 인체를 치료하는 의료행위가 이럴 수가 있을까!"

사전에 약으로 올 수 있는 부작용에 대한 한마디의 설명이나 주의사항을 말해 주지도 않고 환자에게 처방해서 좋아지면 다행이고, 부작용이 나면 처방을 바꾸면 그만인 식이니, 억울하게 당하는 측은 환자였다.

금속판과 8개 못을 박아

조각조각 부서진 어깨뼈를 맞추어 고정하는 수술은 그 분야 경험이 많은 전문의가 해야 한다는 조언을 많이 받았다.

결국 어깨 수술 전문의사를 수소문하여 입원 4일째 되는 날에 다른 종합병원으로 옮겼다.

며칠이 지났지만, 아내의 어깨는 수술을 할 수 있을 만큼 부기가 내리지 않았다. 그동안 수술에 필요한 사전 종합검진을 받고 골다공증 검사까지 받았다.

아내가 수술대에 눕기를 세 번째다
이번에는 질병도 아닌 교통사고다

세 번째 수술대에 오른 아내와
수술실 문 앞에서 또 서성이는 남편은
무엇이 다를까?
마취되어 아무것도 모르는 연약한 아내
문밖에서 안절부절못하는 바보 남편
그 순간 그 모습은 확실히 다르다

그러나
수술실 문이 열리면
아내와 내가 같아지는 것 하나가 꼭 있다
우리는 살아 있는 부부라는 것
그래서 나는 서성이며 기다리고 있다

이 부부의 이 순간을
이 땅에 사는 어느 부부인들
생각이라도 해 보고 싶을까…

　나는 닫힌 수술실 문 앞 의자에 앉았다, 섰다 안절부절못하며 아
내의 이름이 회복실 전광판으로 옮겨지기를 초조하게 기다리고 있

　　　　　　　　　　　　여보야, 이젠 사랑만 하자

었다.

아내의 친구들도 이른 아침부터 나와 아내의 수술 과정을 지켜보며 염려스러운 표정으로 자리를 지키고 있었다.

여기에서 나는 누구와 무슨 대화를 나누면 "나는 혼자다."라는 굴레에서 벗어날 수 있을까?

이윽고 아내의 이름이 전광판에 밝혀졌다. 나는 한숨을 길게 내쉬며 의자에서 일어나 들어가지도 못하는 회복실 쪽으로 다가갔다.

못 들어가는 줄 알면서도 내 발걸음은 의지와는 상관없이 예전처럼 제멋대로였다.

예상했던 시간보다 늦게 수술실 문이 열렸다. 이동침대에 실려 나오는 아내는 마취에서 조금씩 깨어나며 통증으로 인사불성이었다.

수술 담당 의사가 수술이 잘 되었다고 해 주는 말은 이제 나에겐 수술실 문밖에서 듣는 의례적인 말로 들렸다.

부서진 뼛조각을 삽입한 철판 위에 맞춰 놓고 못을 박아 고정하느라 시간이 많이 걸렸다고 했다. 그리고 어깨를 지나는 크고 작은 신경들이 많아 위험한 수술이었지만 다행히 수술이 성공적으로 잘 끝났다고 설명해 줬다.

수술한 아내의 어깨 상태가 궁금하여 의사의 진료실에 찾아갔다. 컴퓨터에서 아내의 어깨 사진을 보고 나는 자지러지게 놀랐다. 삽입한 금속판 위에 뼛조각을 맞춰 놓고 고정하기 위해 못 8개를 박아 놓은 것이다.

산산 조각난 어깨뼈에 못을 박았으니 그야말로 뼈를 깎는 통증으로 아내는 혼수상태가 되어 있었다.

아무리 강한 진통제를 써도 통증을 견뎌내지 못해 모르핀 주사약을 투여하는 듯 보였다. 그 독한 진통제에 취해 잠시 잠들었다가 깨어 다시 통증을 호소하곤 했다.

골다공증 예방주사?

수술 후 3일이 지나면서부터 아내의 통증이 점점 줄어들었다. 담당 의사는 아내의 어깨뼈 조각이 제대로 잘 붙는지 금속판과 못에 대한 거부 반응이 일어나지 않는지 우려하고 있었다.

결국 의사는 골다공증 검사처방을 내려 아내는 곧바로 골다공증 정밀검사를 받았다.

검사결과를 보기 위해 아내를 부축해서 진료실로 내려갔다.

초기상태이기는 하지만 골다공증이 진행되고 있다고 의사가 진단을 내리며,

"골다공증이 심해지면 수술한 뼈가 잘 붙지 않고 잘못하면 재수술을 해야 하는데, 그때는 수술하기도 어렵고 결과도 기대하기 어렵습니다."

고 하며 골다공증 예방주사를 맞으라고 했다.

그리고 골다공증 예방주사는 보험으로 처리가 안 되니 아내에게

　　　　　　　　　　여보야, 이젠 사랑만 하자

선택하라고 했다. 그것도 일회용 주사와 여러 번 복용하는 약이 있는데 일회용 예방주사약은 40만 원으로 고가이긴 하지만 효능이 좋다고 했다. 그리고 그 주사를 맞으려면 본인이 신청서류에 서명해야 한다고 하며 뜯지도 않은 주사약 박스를 자기 책상 서랍에서 꺼내 보여 주었다.

"환자에게 제일 귀에 들어오는 말은 무엇일까? 이렇게 치료받고 이런 주사 맞고, 저런 약 복용하면 빨리 치유된다."
는 말 외에 더 끌리는 말이 있을까?
아내는 골다공증 예방주사를 맞으라는 의사의 권유에 마음이 기울어지고 있었다.
병실로 돌아온 우리에게서 그 이야기를 들은 간호사가 회의적인 말을 조심스럽게 해 주었다.
건강한 사람도 그 골다공증 예방주사를 맞고 통증이 너무 심해 입원할 정도로 고생하는 사람도 있었다고 했다. 담당의사의 권유라 조심스럽게 귀띔을 해 주는 눈치였다. 그리고 아내가 기력이 어느 정도 회복되면 맞으라고 암시해 주었다.
나도 그때 아내가 체력이 극도로 쇠진되어 있어 그 주사를 맞을 경우 후유증이 심할 것 같았다. 그래서 바로 골다공증 예방주사를 맞는 것을 극구 반대했다.
다음 날 내가 병실에 없을 때에 회진하면서 의사가 아내에게 다시 권유했다고 했다. 아내는 의사의 권유에 따라 골다공증 예방주사를 바로 맞고 싶어 하는 눈치였다.

그러나 나는 간호사의 조언에 신뢰가 갔고 아내가 그 예방주사를 맞으면 심한 통증으로 고생할 것이 뻔해 보였다. 그래서 체력이 조금 회복되면 맞으라고 계속 반대를 했다.

그리고 의사에게도 직접 내 생각을 말했다. 그런데 의사는 그 예방주사를 맞고 통증으로 고생한 사람을 본 적이 없다고 하며 아내에게 속히 결정하라고 재차 권했다. 그래도 나는 아내에게 절대로 지금 맞지 말라고 신신당부를 했다.

수술한 환자에게 꼭 필요한 처방이라면 환자에게 약으로 올 후유증이나 부작용에 대해 설명도 안 해 주고 약정서에 서명하고 맞으라는 것 자체도 나는 이해가 되지 않았다.

나로서는 혹시나 임상실험용 주사약이 아닌가도 의심되었다. 그것도 병원이나 약국에서 공급하는 약품도 아니고 의사가 자기 책상 서랍에서 꺼내 보이는 것도 그런 생각이 들게 했다.

그날 저녁에 나는 간병사에게 아내의 간병을 맡기고 집에 와서 잤다. 다음 날 오전에 강의를 하고 병실로 갔다. 그런데 회복해 가던 아내가 통증으로 반 죽어 있었다. 간병사과 간호사들이 무척이나 당황하며 고단위 진통제만 계속 투여해주고 있었다. 나는 놀라 어떻게 된 영문이냐고 간호사에게 물었다. 내가 없는 사이에 골다공증 예방주사를 맞고 그렇게 되었다고 했다.

여보야, 이젠 사랑만 하자

내가 그렇게 만류하고 늘 환자 곁에서 사는 간호사도 조언까지 해 주었는데 피해 갈 고통을 자초한 아내가 이젠 안쓰럽게 보이지도 않았다.

자기 몸에서 발병한 질병도 모자라 피해 갈 수 있는 고통까지 자초한 아내가 원망스러웠다.

차라리 의료 상식이라도 없는 아내였다면 덜 미웠을 것이다.

나도 정신과 진료를 받았다

같이 드라이브 갔던 두 사모도 외상이나 골절은 없었지만, 근육통증과 정신적 충격으로 개인병원에서 며칠간 입원 치료를 받았다.

그리고 두 교수도 각각 동네병원에서 통원 진료를 받았다.

운전 경력 30여 년 동안에 크고 작은 차량 충돌사고를 몇 번 당했던 나였지만, 이번처럼 정신적으로 충격이 크고 오래간 때가 없었다.

신호 대기 중에 차를 폐기해야 할 정도로 큰 추돌사고를 당했을 때에도 입원하지 않고, 병원 치료도 받지 않았던 나였다. 그런데 이번에는 가벼운 추돌사고였는데도 나에게도 심한 정신적 불안감이 지속되었다. 운전 중에 금방이라도 내가 추돌사고를 낼 것만 같은 불안감이 팽배했다. 결국 나도 동네 정신과 병원에 가서 생후 처음으로 정신과 진료를 받았다.

원장은 정밀검사를 하더니 정신불안증세가 심해 공포증상이 오래갈 수 있다고 했다. 그리고 매주 상담치료를 받고 약을 복용하라고 처방해 줬다. 그렇게 나도 한 달간 정신과 치료를 받았다.

한 달 만에 집으로

아내의 수술한 왼팔은 수평으로 올리기도 힘들 정도로 붓고 굳어 있었다. 입원해 있는 동안 매일 재활치료를 받았다. 어깨뼈가 제대로 붙는지 금속판과 못에 대한 거부 반응이 없는지 수시로 엑스레이 사진을 찍고 약도 복용했다. 아내가 조금씩 회복되어 가고 통증이 완화되자 담당의사가 퇴원해서 개인병원에 입원하여 재활치료를 계속 받으라고 권했다.

이번에도 나는 아내가 조금이라도 방사능에 노출되는 것을 줄여주기 위해 두 병원에서 촬영한 사진들과 진료기록을 모두 준비하여 새로 입원한 병원에 제출했다. 그러나 그 병원에서도 그것들은 또 무용지물이 되었다. 아내는 또다시 방사능에 흠뻑 빠졌다 나왔다. 옆에서 보기에도 진절머리가 났다.

드라이브 나갔다가 교통사고를 당해 아내는 세 병원을 돌며 수술받고, 재활치료를 받으며 한 달 만에 집에 돌아왔다.

아내에게 성하게 하나 남아 있던 왼쪽 팔 어깨에 철판을 넣고 못을 박았으니, 아내의 두 팔은 이젠 균형 잡힌 반 불구가 되었다.

여보야, 이젠 사랑만 하자

내 인생 고희가 코앞인 나이에
후회할 일이 많고
오늘도 후회할 일이 있지만
한 달 전 그날의 사고는
지워지지 않는 아픈 기억이고
영원히 남아 있는 상처다

이 넓은 지구상에서
태초부터 점지된 그곳이었던가!
무한 공간에서
고차원 미적분으로 계산한
삼차원 좌표였던가!
무한대 시간을
촌음까지 미분해 정해둔 순간이었던가!

사고는 그렇게 우연이 아니다
사차원 미분 수치의 조합이다
사고는 인간이 오산한
영釋에 수렴하는 확률이 아니다
누구에게나
언제나
어디서나

아내는 퇴원 후에 정기적으로 수술한 병원에 가서 검진을 받았다. 날씨가 궂어도 조금만 무거운 것을 들어도 어깨가 붓고 위로 펴지도 못하는 고통을 인내해야 했다.

다행히 일 년 동안 재활치료와 통증치료를 받은 결과 조금씩 정상으로 회복되어 갔다.

그러나 지금도 아내는 걸레를 반쯤 짜다 말고,

예전에 들던 무게의 반도 못 들고, 공항 엑스레이 검색대를 통과하기 위해 수술증명서를 가지고 다녀야 하고, 어깨의 흉터를 평생 가리고 사는 여자가 되었다.

어깨의 정상회복을 위해서는 철판과 못 제거수술을 받아야 하고, 흉터 제거수술도 받아야 한다.

그러나 또다시 통증에 시달릴까 두렵고, 고희가 가까워지는 나이에 뼈가 부서질까 염려되어 그냥 그대로 살고 있다.

생활하는 데에 큰 불편이 없으면 철판과 못을 제거하는 수술을 받지 말라던 의사의 말을 따르고 있다.

수술한 병원의 정형외과장이 해외연수를 마치고 돌아와 아내 어깨 수술을 한 임시의사는 떠났다.

일 년이 넘었지만, 어깨뼈의 회복 상태를 정기적으로 검진을 받아야 했다. 그때부터는 귀국한 과장이 아내의 진료를 맡았다.

그 과장의 첫 진료를 받는 날에 나도 동석했다. 아내의 어깨 사진이 컴퓨터 화면에 켜질 때에 금속판과 박힌 못들이 나를 새삼스럽게 경악케 했다. 사고를 당했던 그 장소에서부터 한 달간 이 병원, 저 병원 옮겨 다니며 온갖 고생을 했던 기억이 되살아났다.

아내의 진료기록을 꼼꼼히 살펴보고 있는 과장에게 나는 아내의 골다공증이 염려되고 예방주사 맞은 결과도 궁금하여,

"아내가 어깨 수술을 받은 며칠 후에 골다공증 예방주사를 맞고 통증으로 죽을 고생을 했습니다."

라고 나는 묻지도 않는 말을 불쑥했다.

과장은 다시 골다공증 검사 자료를 살펴보더니,

"이 정도면 예방주사를 그때에 안 맞아도 되었는데 맞고 고생하셨네요."

나는 그 말을 듣는 순간 기가 막혔다. 같은 병원 진료실에서 같은 검사 자료를 의사에 따라 진단(판단?)이 이렇게 다를 수가 있나 싶었다.

이젠 알았으니
내 가슴아
비우고, 잊고, 평안하라!

Part 02

이젠, 사랑만 하자

Chapter 01

아름다운 추억여행

루브르박물관

Episode 01

치앙마이에 가다

치앙마이는 태국의 옛 수도이며 북부에 있는 도시로 기후가 좋고, 치안이 안전한 곳으로 알려졌다. 물가도 저렴한 편이어서 세계에서 살기 좋은 10대 도시로 선정되기도 했다.

오래전부터 나도 그곳에 얼마 동안 조용히 머물며 내 지난날을 돌아보고 나의 서드에이지(Third Age)를 설계하고 싶었다.

마침 2013년 12월에 전주 MBC 방송국에서 '한 달 해외에서 살아 보기' 여행 프로그램을 설계하여 설명회를 열었다. 그 일차 대상 도시로 치앙마이가 선정되었다. 아내와 나는 그 설명회에 참석하여 자세한 설명을 듣고 관련 정보를 수집하여 곧바로 그곳으로 여행갈 준비를 시작했다.

2013년 12월 8일은 우리가 결혼한 지 40주년이 되는 날이다. 그리하여 결혼 기념 해외여행을 계획했었으나 연말과 구정이 겹쳐 두 달 늦은 이듬해 2월 8일에 한 달간의 여행을 떠났다.

우리 부부의 치앙마이 여행은 관광 목적보다 기후 좋고 치안이 안전한 곳에서 누구와 어떤 일에도 얽히지 않고 우리만의 시간을 갖고 싶었던 것이 첫째였다.

우리는 결혼하여 40년 동안 수편의 논픽션 소설의 주인공으로 살아왔다. 이제는 우리의 소설이 다큐멘터리 드라마로 제작되어 방영된다 해도 그 드라마의 엑스트라로도 절대로 출연하고 싶지 않다. 황혼의 문턱에 올 때까지 인생 역경 드라마의 주인공 역할을 지치게 했다. 이젠 우리에게도 다 내려놓고 쉴 때가 충분히 되었다.

치앙마이에 머무는 동안,

먹고 싶으면 시도 때도 없이 먹고

졸리면 아무 데에서나 늘어져 자고

나들이하고 싶으면

반바지 차림에 슬리퍼 신고 나돌아 다니고

쇼핑하고 싶으면 백화점이나 시가지로 가고

먹거리나 잡화가 필요하면 시장통에 가고

운동하고 싶으면 공원으로 나가 걷고

토속음식을 맛보고 싶으면 물어물어 찾아가고

여보야, 이젠 사랑만 하자

이처럼 자유로운 일상을 보내며 늘어질 대로 늘어져 살아볼 계획이었다.

그래서 여행 가방도 최소한 가볍게 꾸렸지만, 노트북은 제일 먼저 챙겼다. 이 책의 원고를 치앙마이에서 마무리할 계획이었기 때문이다.

MBC 방송국에서는 우리가 한 달간 거주할 콘도를 시가지 중심가에 가깝고 교통도 편리한 곳에 잡아 주었다.

그리고 방송국에서 설계한 여행 프로그램에 따라 매주 하루씩 치앙마이 지역 투어를 했다. 라오스, 미얀마, 태국이 국경을 이루는 메콩강 황금 삼각주도 여행했다.

롱넥(Long Neck) 여인들/노병준

하루 여행은 우리 부부와 다른 한인 부부 등 네 사람을 가이드가 자기 승용차로 안내했다. 태국에서 가장 높은 고산에 있는 황금사원을 관광하는 날이었다. 그곳 관광을 마치고 나는 계획에 없는 태국 고산족 마을을 방문하자고 가이드에게 부탁했다.

태국 고산족들은 캄보디아, 베트남, 필리핀 등에서 전쟁 중에 산 속으로 도피해 온 피난민들이다.

우리가 간 고산족 마을은 태국 북부에서도 가장 높은 산속에 있었다. 산 오솔길을 따라 굽이굽이 곡에 운전을 하며 찾아가는 길은 너무도 험했다. 소형차만이 겨우 갈 수 있는 일방도로라 중대형버스는 접근이 불가능해 관광객들이 방문하기가 힘든 곳이었다.

그들은 약초와 커피 재배를 하고 전통의상을 만들어 팔아 생계를 유지하고 있었다.

일요일에는 전에부터 교류가 있던 선교사가 개척한 시골교회에 갔다. 태국 농촌과 산간마을 주민들의 생활과 개신교의 복음화를 직접 보고 싶어서였다.

목사님의 부탁으로 6·25전쟁 중에 우리네의 생활상을 교인들에게 설교하듯 얘기를 했다. 그 민족이 지금은 경제적으로나 학문적으로 선진국 대열에 진입하고 있음을 자랑스럽게 강연을 했다. 그리고 주로 내가 걸어온 발자취를 신앙적인 측면에서 간증했다.

태국은 역사적으로 외국의 침입을 받았거나 전쟁으로 고난과 배

여보야, 이젠 사랑만 하자

고픔을 겪어 본 민족이 아니다. 그리고 조상 대대로 불교를 국교처럼 섬기고 있는 나라다.

불교의 교리를 어려서부터 배우고 몸에 익혀서, 선하고 욕심을 부리지 않는 민족성을 가지고 있다. 게다가 연중 삼모작을 할 수 있는 기후와 지형적 특성으로 배고픔을 모르는 민족이다.

그들은 자기의 빈곤한 삶이나 고난을 결코 부유계층들이나 남의 탓으로 돌리려 하거나 원망하지 않는다.

나는 이런 삶을 누리고 있는 그들에게 우리의 고난의 역사를 얘기한다는 것이 무슨 감동이나 도움이 될까 싶었다.

사십 년을 돌아보니

여보야, 우리는
지난 사십 년을 사는 동안
아픔과 고통의 그림자에
가려졌던 날도 참 많았지
손톱 밑 작은 가시가 온 팔을 아리게 하고
한 날의 슬픔이 한 해의 행복을 앗아 가듯
작은 고통이 온 평화를 깨는
궂은일도 많았소

여보야, 우리 이제
아팠던 날보다 건강했던 날이
슬펐던 날보다 기뻤던 날이
애통했던 날보다 평안했던 날이
불행했던 날보다 행복했던 날이
다퉜던 날보다 화평했던 날이
억울했던 날보다 감사했던 날이
몇 배나 더 많았는지
그런 날들만 쉬엄쉬엄 생각하자
그리고
아름다운 추억으로 사랑하자
여기 치앙마이에서!

Episode 02

다시 여행 가자, 그곳으로

\+

유럽 편

나는 프랑스 정부의 특별장학생으로 선발되어 1976년 12월부터 삼 년간 프랑스에서 유학했다. 유학 첫해에는 독신생활을 했지만, 일 년 후에 아내를 초청하여 함께 살았다.

나는 주 중에는 매일 연구실에 나갔고, 아내는 대학교 어학훈련원에 등록하여 열심히 불어를 배웠다. 그리고 긴 연휴나 방학 때에는 어김없이 유럽여행을 다녔다.

여보야, 우리는

프랑스에 살면서 여행도 많이 했었지

그때 우리가 다녔던 그곳들은

지금도 그대로일까?

이번에는 치앙마이에서부터

기쁘고 감동했던 일만 생각하며

황혼의 추억여행을 떠나자

기차 타고, 유람선 타고 다녔던

그때 그 길 따라 그곳으로

잠도 그때 잤던 그 방에 가서 자자

제2의 고향 스트라스부르그

나는 프랑스의 스트라스부르그(Strasbourg)에 있는 스트라스부르그제1대학교(루이파스퇴르대학교(Université de Louis Pasteur)에서 유학했다.

스트라스부르그는 프랑스의 북부 알자스 지방에 위치하고 독일과 국경을 이루는 라인(Rhine)강에 인접해 있는 도시다.

내가 스트라스부르그에 와서 혼란스러웠던 것 중의 하나가 언어였다. 연구실에서 늘 만나는 연구원들 중 알자스 지역 출신들은 세 개의 언어를 구사했다. 자기들끼리는 알자스(Alsace)어나 독일어로 대화하고, 공식적인 자리나 타 지역 출신 또는 외국인들과는 불어로 대화를 했다.

스트라스부르그는 프랑스와 독일이 수차례 번갈아 차지했다가

최종적으로 프랑스 영토가 되었다. 지금은 세대가 많이 바뀌어 알 자스 지역 주민들의 언어나 생활문화가 달라졌겠지만, 내가 유학하 던 1970년대 말에만 해도 그 지역 주민들은 비대하고 억양도 독일 어에 가까웠다. 게다가 알자스의 억양도 독특해 표준 불어를 배운 외국인들에게는 생소하게 들렸다.

스트라스부르그는 유럽의 정치 중심지로 유럽의회가 있으며 교 통 중심지이기도 하다. 그리고 조용하고 보수적인 대학도시로 명성 이 높다.

문호 괴테(Johann Wolfgang von Goethe)는 독일 프랑크푸르트 (Frankfrut)에서 태어났지만, 스트라스부르그대학교의 법과대학을 졸업했다.

그래서 그의 명성을 기리는 동상이 대학 캠퍼스이며 시가지 로터 리에 세워져 있다.

그리고 우리가 잘 아는 슈바이처(Albert Schweitzer) 박사는 스트라 스부르그에서 의과 대학을 졸업했으며, 후에 신학도 공부하였다. 그리고 한때 신학생 기숙사 사감도 역임했다. 그의 생가도 스트라 스부르그에서 30여 킬로미터 떨어진 알자스 시골 마을에 있다.

미생물학의 아버지라고 불리는 루이 파스퇴르(Louis Pasteur)는 스 트라스부르그대학교의 교수였으며, 탄저병의 원인, 광견병 백신 개 발, 콜레라의 면역에 대한 원리 연구 등 위대한 업적을 남겨 스트라 스부르제1대학교를 루이파스퇴르대학이라고 부른다.

금속활자의 창시자인 구텐베르크(Johannes Gutenberg)가 인쇄술을 발전시킨 곳도 이곳 스트라스부르그에서다. 그의 박물관과 동상이 시가지 중심지에 있다.

그리고 음악 도시로 스트라스부르그의 오케스트라는 세계적으로 명성이 높다. 연중 세계 정상급 음악인들의 공연이 이어지고 시 당국에서는 지역민들의 음악 예술 활동을 적극적으로 지원하기 위하여 연 예산의 16%를 배정한다고 들었다.

시가지에 굽이굽이 흐르는 수로(운하)와 알자스의 고풍스러운 통나무집들의 어우러진 풍광이 너무도 아름다워 쁘띳트 프랑스(Petite France)라고 부르는 관광명소가 있다. 나도 유럽의 많은 도시를 여행해 봤지만, 파리는 대도시이면서도 아름다운 예술의 도시이고, 스트라스부르그는 중도시로서 그 아름다움이 어느 도시에 비할 바가 아니다.

스트라스부르그의 쁘띳트 프랑스/노병준

여보야, 이젠 사랑만 하자

파리(Paris)

파리 시가지가 박물관이라 해도
누가 아니라 할까!
우리는 박물관 도시의 박물관
루브르(Louvre)박물관을 관람했다

처음으로 관람하는 루브르박물관에서
우리는 감탄사만 연발했다
책에서만 봤던 미술품과 조각품들을
제대로 감상도 못 하고
관람객들의 흐름 따라 스치며 지나갔다
황홀경에 빠져들었던 것이
감상이었다고나 할까…

두 시간이 넘도록 전시실을 거쳐 가다가
헤드폰을 쓴 사람들이 운집해 있는
특별경계구역에 다다랐다
몇 발치 떨어져 있는 방탄유리(?) 상자 안에서
모나리자가 잔잔한 미소를 지으며
관람객들을 바라보고 있었다

나는 접근 허용선까지 다가가서
레오나르도 다빈치가 혼을 불어넣은
살아 있는 모나리자의 미소에
가슴만 아내 몰래 설레었다

피카소의 작품 앞에서는
시공을 초월한 그의 예술 경지에
나는 혼돈에 빠졌다
이리 보면 이런 형상인 듯하고
저리 보면 저런 허상인 듯하니

피카소는 자기 홀로
당대의 예술 경지를 초월하여
수 세기 앞서간 예술 천국에서
자기만의 작품을 창작한 예술가…?

미술품 전시실에서 나와
조각품 전시실로 향하는 길목에서
반라의 여신 조각상의 아름다운 자태 앞에서
모두들 발을 멈췄다
그 여신상의 살아 있는 혼은
지구 마지막 날에는 혹시나 떠나려나…

여보야, 이젠 사랑만 하자

미술품 전시실, 조각품 전시실,

수많은 외래 유적 전시실,

여러 나라의 독자 전시관 등등…

개방된 전시실만 드나들기에도 지쳤다

수일을 관람해도 부족할 텐데

오고 또 와야지!

● ● ●

파리의 하늘에 솟아 있는 에펠 탑은

가까이 옆에서 보면 철골물이요

멀리서 바라보면 거대한 예술작품이다

건축과 예술의 조합으로

파리와 어우러지게 창작해 낸 에펠에게

모두들 숙연히 경의를 표했다

수백 년 전에 계획된 파리 도로망은

사방팔방으로 막힘없이 뻗어 있고

단순한 회색빛 석조건물들은

단조로운 듯하지만

균형과 조화로 완성된 예술도시다

시가지를 굽이굽이 흐르는 센(Seine)강
군데군데에 조성된 공원의 숲
정연한 시가지 가로수들로
파리는 자연생태 예술도시로 모델링되었다

이것이 에펠탑 상층에서 바라보는
파리의 참모습이다

● ● ●

센 강가에 자리한
노트르담(Notre-Dame) 사원은
위엄을 부리지 않는 인자한 모습으로
센강과 주변을 잘 아우르고 있다
그래서 관광객들은 노트르담을
알현하기 위해 연중 내내 모이나 보다

섬세하고 아름다우면서 찬란하지 않게
다듬고 연마한 소품들을 맞춰 이뤘으니
흐트러지고 어긋난 곳이 어디에도 없다

여보야, 이젠 사랑만 하자

우리의 작은 소망부터 큰 것까지
빠짐없이 들어 빌어 주고
아픔을 만져 위로해 주는
사랑과 평화의 성모의 모습이다
그래, 노트르담이라 이름 했겠지!

성전 안에는 관광객들로 가득했지만
정오 미사는 너무도 엄숙했다
격식은 달라도
모든 이들의 신실한 기도는
저 높은 하늘로 흘림 없이 전해지리라!

사제들이 자리한 제단은
신성함과 위엄이 역력하고
짜임은 화려하되 색채는 호화스럽지 않아
경건함을 더해 주었다
아무나 올라갈 수 없다니
근대의 지성소?

성전의 스테인드글라스의 성화들은
천주교 사역의 역사와 가르침을
빛으로 재현했나 보다

지붕보다 높은 첨탑을 올려다보니
덩그렁, 덩그렁 종을 치던
노트르담의 꼽추가 생각났다

•••

하얀 몽마르트르(Mont Martre) 성당은
언덕 밑에서 바라보면
하늘 바로 밑에 있고
언덕에 올라 내려다보면
파리가 발아래에 있다
그 언덕에 하얀 천사가 홀로 있어
하얀빛을 세상에 비춰 주고 있다

해 질 무렵에 울려 퍼지는 종소리는
파리지엔(Parisiens)들이여!
멀리서 온 이방인들이여!
이 성전에 들어와 겸손히 무릎 꿇고
오늘을 돌아보라는 하늘의 부름이다

네 심령이 혹 물들었거든
이 성전처럼 "하얗게 될지라!"

여보야, 이젠 사랑만 하자

근엄한 음성의 훈계다

몽마르트르 언덕 모퉁이는
파리 예술의 한 장르(genre)를 창작하는
노방 화가들의 열린 화실이다
우리의 초상화를 그려주겠다던 그녀도
몽마르트르 언덕의 노숙한 화가다웠다

・・・

해 질 무렵 센 강가는
이름 없는 시인이 무심히 걸어가는 길
외로운 늪에서 빠져나오는 길
사색하며 낭만을 속삭이는 길이어라

강물을 치고 달려드는 바람은
내 이마에 땀방울을 말끔히 훔쳐간다

요란스럽지 않게 변장해 가는
센 강의 야경에
관광객들의 발걸음이 한결 느려진다

어둠이 드리워지는 초저녁에
유람선들이 지나는 길 따라
잔잔히 이는 물결이 불빛을 흐린다

찬란히 발광하는 에펠탑은
센강 유람선들의 등대일까?
박물관 도시 파리의 파수꾼일까?
유람객들은 둘 다여라 할 것이다

센강 변을 걸으며 사색하는 우리와
만찬을 즐기며 유람하는 연인들은
땅 위에 있고 물 위에 있음만 다르다 하자

시간이 실컷 흘러도 좋을 밤이기에
오색 형광 불빛이 찬란한
샹젤리제(Champs Elysees)로 향하는 관광객들과
우리도 합세했다

샹젤리제는
별난 이벤트로 소란스럽지도 않고
몰려온 관광객들로 혼잡스럽지도 않다
사방팔방으로 곧게 뻗은 대로의 중심에

여보야, 이젠 사랑만 하자

개선문(Arc de Triomphe)이 위엄을 뽐내고 있다

승리의 함성이
유럽대륙의 지축을 울리던 그날을
영원히 기념하기 위해
나폴레옹 황제는 거기에
개선문을 세우자 했던가!
지금 꼬레안의 귀에 그때의 함성이 들린다

몽블랑(Mont Blanc)

알프스의 몽블랑을 관광하기 위해
제네바(Geneve)에서 일찍이 투어버스를 타고
프랑스의 샤모니(Chamonix)에 도착했다
기대를 잔뜩 안고 달려온 우리를
변덕스러운 날씨는 냉대했다

눈앞을 떠난 케이블카는
금시 구름 속으로 사라지고
구름은 바람에 쓸려
코앞의 산을 휘감아 갔다

머리, 가슴, 다리 삼등신을
삽시간에 입혔다 벗겼다
몽블랑의 마술쇼가 공연 중이었다
산, 구름 그리고 해가
몽블랑 마술사의 소품들이었다

급상승하는 케이블카에서
비명을 지르며 주저앉은 아낙네들
저럴 거면 뭐하러 탔지?
체면 구기는 남자는 없었다

상체가 드러난 몽블랑
구름자락이 모자랐나?
몽블랑은 탕 안의 여인처럼
일어서려다 우리와 마주치면
얼른 주저앉아 버렸다
우리가 보고 싶었던 나체는
끝내 보지 못했다

알프스는 동면하는지, 영면하는지,
만년설을 이마까지 덮고 잠들어 있다
그래서 그 이름이 몽블랑이던가!

여보야, 이젠 사랑만 하자

알프스를 몽블랑이라 누가 먼저 명했나
지금은 우리 발길 안에 있어
하늘 가까운 여기까지 올라와
몽블랑을 볼 수 있으니
우리도 오늘은 천사?

거대하고 거만한 놈들은
멀리서 위엄을 부리고 있는데
아담하고 온순한 놈들은
어디에 꼭꼭 숨어 있나
가까이도 보이지 않는다

만년설이 녹아내려
빙상을 이룬 동토계곡에는
기어 올라가는 철마를 타고 가야 했다
빙상동굴은 거실이요
얼음의자는 신선들만 앉는다는 소파

하루에 열두 번도 더 변덕 떠는 날씨도
예고 없이 무너져 내리는 눈사태도
알프스의 몽블랑을 동경하며
찾아오는 발길을 막지 못하겠구나!

그래! 몽블랑은

신성하다!

위엄하다!

찬란하다!

그 이름

몽블랑은 영원하리라!

벌써 시간이 늦은 다섯 시 반

아침에 낯 익힌 얼굴들 모두가

몽블랑을 향해 "오 흐봐[1]!"

손을 흔들었다

베네치아(Venezia)

베네치아는 수중도시가 아니더라

용왕이 옥좌에 앉아 있는 수중별궁도 없더라

용왕 공주나 헤엄치는 인어들도 없고

걸어 다니는 관광객들로 만원이더라

베네치아는 바다에 무릎쯤 잠긴 도시

---

1)   Au revoir: 또 봅시다

지면에서 바다로 조금 이탈해 간

이색도시라고나 할까?

베네치아는 차 못 타는 도시

곤돌라나 유람선만 타는 도시

아니면 걸어 다니는 도시다

검은 당고바지, 흰 와이셔츠

그리고 곤돌라 모양의 모자가

베네치아 사공들의 유니폼인가 보다

긴 장대 노도

사공들에게 잘 어울린다

사공들은 곤돌라 선미에 서서

출렁이는 물결 따라 너울대는 곤돌라에

박자와 장단을 잘도 맞추는 고수들이다

곤돌라에 쌍쌍이 탄 연인들은

요 골목 저 골목을 한가로이 유람하며

사랑의 로망스를 속삭인다

이따금 모터보트들이

요란하게 물길을 가르며 질주할 땐

곤돌라는 폼을 구기고 요동친다

시비도 범칙금도 없는

베네치아의 급행 택시다

광장에 들어서니

산마르코(San Marco) 성당이 정면을 가로막는다

화려한 색채와 형상이

요술궁전과 다름없다

성당 내부를 관람하기 위해 긴 줄을

한 시간이 넘게 따라가 입구에 도착하니

핫팬츠, 민소매, 슬리퍼는

"낫 얼라우드[2]!"

여보야, 우리는 거기서 안 쫓겨났었지?

---

2) Not allowed: 불허합니다

여보야, 이젠 사랑만 하자

베네치아 부두에는

거대한 호화 유람선이 떠 있고

화물선들이 들어오고 나가고

여객선들도 쉼 없이 오간다

저기에 소설 속의

베네치아 상인들이 지금도 있을까?

로마(Roma)

우리가 숙박한 로마의 방은

붉은 지붕들이 발아래에 있고

로마의 밤을 식혀 주는 바람이

솔솔 불어 드는

정취 어린 그르니에(grenier)였지

• • •

다음 날 일찍 서둘러 간

산 피에트로(San Pietro) 광장에는

우리보다 부지런한 관광객들로 만원이었다

꼬레안의 '빨리빨리'가 '케이오' 패했다

성곽 위의 늠름한 동상들은
바티칸 사원을 철통같이 수호하는
근위대장들?

악이 선을 심판하던 날 새벽에
수탉이 일 초만 먼저 울었으면
피에트로는 세 번이나
주님을 부인하지 못했을까?
아니다
그래도 피에트로가 먼저 부인했을 게다
예수님이 예언하셨으니까!

죽음에서 부활하신 주님이
"네가 나를 사랑하느냐?"
세 번이나 다짐하신 주님의 뜻을
피에트로는 그때에 깨달았을까?
부인을 세 번 했으니
다짐도 세 번은 받아야 했을 거야

피에트로가 이 광장에서

여보야, 이젠 사랑만 하자

십자가에 거꾸로 매달린 순교를
자신이 원했다 했으니
하늘의 권능이
그의 영혼을 회복시킨 증거였던 거야!

엄숙히 미사를 드리는 사원 안에서
어느새 우리도 함께
기도드리고 있었다

지하에서 영면하며 침묵하고 있는
역대 교황들의 무덤 앞에서
살아생전에는 인류의 평화와 화합
용서와 사랑, 그리고
약한 자들을 위해 기도드렸는데
지금은 하늘나라에서 무슨 기도를 드릴까?
나는 잠시 엉뚱한 생각을 했다

시스틴(Cappella Sistine)성당에서
성화(?) '창조와 원죄'를 보며
인간의 원죄가 유업이 되어
인류는
분쟁과 아픔의 노예가 된 걸까

아담과 하와가 산 에덴(Eden)동산에
간교한 뱀이 없었다면
선악과가 열지 않았다면
카인(Cain)이 태어나지 않았다면
우리도 에덴동산에 살고 있을까?

신이 인간에게 계명만 주시고
자유를 주시지 않았다면
모두는 선한 피조물들일까?

그러면 지금 여기에
저 성화가 걸려 있지 않을 것을!

• • •

창과 검으로 백성을 지배하고
권력으로 나라를 다스렸던
제국의 도시, 로마 시가지를
두루두루 거닐었다

민중을 동원하여 광란의 경기를 즐기고
때로는 살상 극을 벌였던 곳, 콜로세움(Colosseum)

여보야, 이젠 사랑만 하자

지금은 흉측한 폐허가 되어 있다
권력 무상의 상징이고 고귀한 교훈이다

시가지 곳곳에 동강 나 나뒹굴어진 대들보들
무너지고 잘리고 망가진 조각상들에서
화려했던 로마 역사의 단면을 본다
인간의 오만함이
신의 경지를 탐하고 의를 이탈했을 때에
그 대가로 남겨진 잔재들이다

여보야
우리 저 나무 그늘 밑
대리석 의자에 앉아 잠시 쉬었다 가자!
뭉친 종아리 좀 풀리게…

왼쪽 이마에서부터 눈, 코, 입술을 지나
턱밑까지 갈라진 흉측한 얼굴
거기에 뻥 뚫린 두 눈의 면상은
머리털과 수염으로 뒤덮인 가왕이다

그 면상에 떡 벌리고 있는 입은
거짓말하는 사람이 손을 넣으면

콱 물어 버린다는 '진실의 입'
아내는 겁도 없이 그 입에 손을 넣고
나더러 사진을 찍으라고 한다
자기를 믿었나 보다!

과거의 길은 로마로 통한다
지금의 길은 세계로 통한다
미래의 길은 우주로 통한다
세월이 길을 바꾼다

여보야, 우린 로마에서
저녁 늦은 시간까지 쌓인 피로를
그 밤에 말끔히 날리고
다음 날에 또 걷고, 구경하고…
그렇게 건강했잖아!

우리 이제
시간이 멋대로 흘러가게 상관 말고
느릿느릿 게으름 피우며
그때처럼 건강한 몸으로
로마로 다시 여행가자

여보야, 이젠 사랑만 하자

인터라켄(Interlaken) 호수

알프스의 만년설이 녹아 스며든
스위스의 산정호수들은
관광객들을 호객하는 요정들이다
그중 인터라켄 호수는 마담 요정이다

유람선의 은은한 고동 소리에
선미 물결도 일기를 조심스러워하는
잔잔한 호수 인터라켄이다

구름 한 점 없는 파란 하늘은
내 고향 가을 하늘
그 아래 호수는
손가락 지문까지도 입김 불어 닦은
선녀의 거울이다

고개를 들어 올려다보면 파란 하늘이고
머리를 숙여 내려다봐도 파란 하늘이다
하늘만큼 깊은 곳에 하늘 하나 더 있다

이 청정수에 어느 누가
선남의 발이라면 닦으라 할까
선녀의 섬섬옥수라면 씻으라 할까
맑은 미소 띤 얼굴이나
비춰 보고 가라 할 거야

분 바르지 않아도 하얀 얼굴들
행복해서, 즐거워서, 마냥 평안해서
모두모두 싱글벙글거린다

어쩌면 저렇게 평화로울까!
어쩌면 저렇게 기쁨이 가득할까!
어쩌면 저렇게 다정다감하게 속삭일까!
꼬레안 부부는 부럽기만 하다

우리보다 오래 산 그네들 같은데
지축을 울리고 창공을 꿰뚫는
대포 소리, 폭격기 소리, 따발총 소리는
들어보지 못한 얼굴들이다

호숫가 갯마을 부두에 도착할 때마다
타고 내리는 숭객들에게 선장은

여보야, 이젠 사랑만 하자

"봉주르³⁾! 오 흐봐!"
나도 산자락 마을 교회 십자가를 향해
다시 꼭 오고 싶은 소망을 담아
"아 비앙또⁴⁾!"

뱃고동이여 울리지 말아다오!
선미 물결이여 멋지 말아다오!
우리에게
"오 흐봐, 아 비앙또!"
인사도 하지 말아다오

　우리는 어느덧 유람선 종착장에 도착해 제네바행 열차로 갈아탔
다. 기차는 첩첩 산을 오르내리며 레만 호수 북단에 있는 몬터레이
(Monterey)역에 도착했다.
　레만 호수가 황혼빛으로 물들어 가는 늦은 시각에 몬터레이의 아
름다운 야경이 관광객들을 거리로 불러냈다.

---

3)　Bonjour: 안녕하세요
4)　À bientôt: 곧 봅시다

레만(Leman) 호수

아침 이른 시간에 몬터레이 부두에서 선장의 "봉주르! 비앙브니[5]!
메담 에 메슈[6]!"

인사를 받으며 호화롭지만, 거대하지 않은 유람선을 타고 제네바
를 향해 출발했다.

우리는 지금 낭만의 레만 호수에서
유람선을 타고 제네바로 가는 거야!
꿈이 아니야!

파란 유리알이 녹아 스며든 듯하고
옥구슬이 녹아 가라앉은 듯하니
파랗고 투명하기가 이를 데 없다

할멈 골무를 명주실에 매어
실꾸리 다 풀어 내리면
심층옥수에 젖을까?
얼마나 깊은지는 선장도 모르나 보다
자기소개와 인사말만 했으니까

---

5) Bienvenu: 환영합니다
6) Mesdames et Messieurs: 신사 숙녀 여러분

여보야, 이젠 사랑만 하자

그 깊디깊은 아래에
만년설산이 거꾸로 빠져 있고
그보다 더 깊이 하늘도 빠져 있다

물속에 피어 있는 들꽃이
행여나 흐릴까
여름 녹원이 행여나 흔들릴까
호수는 비단결처럼 잔잔하다

호수와 잇닿은 산자락엔
노란 꽃, 하얀 꽃 만발하니 봄인 듯하고
삼부능선엔 녹음이 짙으니 여름인 듯하고
산등성엔 단풍이 한창이니 가을인 듯하고
고산엔 만년설이 덮였으니 겨울이 확연하다

호수 가운데에는 하늘이 있고
둘레에는 스위스의 사계가 있다
나는 유람선에 앉아서
레만 호수가 품고 있는
또 하나의 스위스를 본다

사계가 공존하는 레만 호수에는

초침까지 정확히 도는 나라

스위스의 아이러니가 있다

그렇게 레만 호수와 스위스 시계는

엇박자를 치고 있다

그런데

고수들의 장단은 잘도 맞는다

미국 편

나는 우리 정부의 파견으로 1986년 12월 중순부터 일 년간 캘리포니아대학교(UC.Davis) 객원교수로 파견 근무했다. 그때에 우리 네 식구는 캘리포니아 중부의 작은 대학촌 데이비스에서 거주했다. 그곳은 연중 봄여름 기후이고, 제일 추운 날씨가 우리나라 초가을 정도다. 그런데 더울 때는 섭씨 36도가 넘는 고온 건조한 곳이다.

시가지와 캠퍼스에는 거목들이 숲을 이루고 고층건물이나 공장이 없는 청정 대학촌 도시다.

주민들은 초·중등학교와 대학교의 교직원과 학생들이 대부분이고, 생업을 위해 거주하는 주민의 수는 다른 도시에 비해 월등히 적은 편이다.

여보야, 이젠 사랑만 하자

그래서 동부지역과는 달리 초·중등학교의 교육환경과 분위기가 좋다는 평이 나 있다.

모처럼 우리 네 식구가 미국에 체류하는 동안 두 아들이 학교생활에 잘 적응해서 다행이었고, 나도 초청해 준 교수의 특별한 배려로 연구실까지 배정받아 불편 없이 연구를 할 수 있었다.

아들들에게는 미국에서 일 년간 영어를 익힐 수 있는 좋은 기회였고, 선진국의 문화와 광활한 자연을 접할 수 있어서 더욱 좋았다. 그래서 긴 연휴나 여름방학에는 여행을 많이 했다.

요세미티(Yosemite) 국립공원

데이비스에서 여섯 시간을 넘게 달려가 호젓하고 협소한 도로 따라 한참을 들어가니 거대한 요정이 앞을 가로막았다.

깎아 세운 듯 높고도 넓은 암벽이
금시라도 우리를 덮칠 것만 같다
거창한 폭포수가 요란하게 떨어질까 했는데
빨랫줄 같은 가느다란 물줄기 하나가
넓은 요정의 얼굴을 타고 흘러내린다
건기에 절수하는 요정의 정성인가 보다

칠팔월에 오면 폭포수가

요정 계곡을 진동시키며 부서져 내리는
안개비에 푹신 젖는다 하던데
오늘은 그 광경을 상상만 해 본다

요정의 얼굴에 붙어 있는
개미만 한 암벽등반 사나이
한 중년 미국인이 혀를 차며
"저 사람 미쳤어!"
나도 같은 생각이었다

울창한 거목 숲은 하늘을 가리고
흐르는 물줄기는 계곡을 이뤘다
요정은 작아야 귀엽고 아름다운데
여기 요정은 거창해서 귀엽다는 말은
어울리지 않는다
세상에 없는 거장의 작품이다

여기에는
사람을 무서워할 줄 모르는 사슴이 살고
어슬렁거리며 먹고 잠만 자는 곰이 살며
적적하지 않을 만큼 노래 불러 주는
산새들이 사니

여보야, 이젠 사랑만 하자

요세미티 요정은 참으로 평화로운 낙원이다

그랜드 캐니언(Grand Canyon)

데이비스에서부터 2박 3일을 달려와 지상 최대 협곡 그랜드 캐니
언에 도착했다.

길이가 사백사십여 킬로미터
폭이 이십여 킬로미터
깊이가 천오백여 미터나 되는 협곡이라니
과연 그랜드 캐니언이다

왜 갈라졌나?
지각변동으로 갈라졌다
언제 갈라졌나?
그때에 이곳에 살던 인디언이 없으니
물어보나 마나…
지질학적 나이 몇억 년(?)
미수米壽도 겨우 사는 사람들에게는
감이 안 올 수밖에…

그랜드 캐니언이 무인 협곡이었다고?

인디언은 사람이 아니었나?
오지 협곡에서 짐승들과 함께 살았으니
사람 취급 안 했나 보다!
그들이 이곳에 살며 번성했다면
그랜드 네덜란드(Grand Netherlands)로
독립 선언을 했을 텐데…

발아래 천리 협곡에는
버티고 서 있는 놈, 늙어 찌그러진 놈, 뒤집혀 벌떡 누워 있
는 놈, 머리를 땅에 처박은 놈, 거드름 피우는 놈, 몽니부
리는 놈, 훔쳐보는 놈, 머리에 나무가 난 놈, 배통을 툭 내
민 놈, 엉거주춤한 놈, 눈깔을 부릅뜬 놈, 마귀할멈 닮은
놈, 둥글둥글 맘씨 고운 놈, 오기가 가득 찬 놈 등등…
기괴천만상이 다 모인 자연박물관이다

위에서 아래로 바라봐도 그러한데
밑에서 위로 바라보면
성깔을 본때 있게 보여줄 놈들도 많다

구름으로 가리고 안개 속에 숨어서
아직도 세상에 드러나지 않은 곳은
인디언들의 은둔처였나

여보야, 이젠 사랑만 하자

마지막 보루였나…

계곡을 비집고 흐르는 콜로라도 강줄기가
태고의 비밀을 빠짐없이 녹화해
먼 태평양 깊은 곳에 있는
타임캡슐에 넣어두었겠지

호기심이 발동한 젊은이들 몇이
험한 길 따라 내려가는 것은
가느다란 저 강줄기를 건져 내보려는가!
아직도 숨어 있는 협곡을 탐사라도 하려는가!
아직도 숨겨진 황홀경을 담아오려 가겠지!

브라이스 캐니언(Bryce Canyon)

브라이스 캐니언은
그랜드 캐니언을 질시라도 했는지
형상이 다르고 색채도 다르다
무수한 첨탑 오렌지군단이다

숲으로 위장한 진지들은

하늘은 못 가려
언덕 위에 오른 우리에게도 들켰다
부대마다 도열해 있는 병사들은
늠름하고 패기가 넘친다

저 오렌지군단 병사들은 몇이나 될까?
군사비밀이니 알 수가 없고
혹 비밀리 세어 본 정탐꾼이 있었을까?
그는 분명
무드셀라[7]의 화신이었을 것이다

목부터 발목까지 오렌지색인데
얼굴은 하얗고 머리만 검은 병사들은
사람으로 환생코자
수천 년을 기다리다 지쳤으련만
군기가 꽉 잡혀 있다

가까이 다가가
한 병사와 악수라도 하려 했지만
우리는 그들의 가족이 아니라

---

7) Methuselah: 구약성서에 나오는 가장 장수한 사람. 969세까지 살았음.

여보야, 이젠 사랑만 하자

면회도 허용되지 않았다

자이언 캐니언(Zion Canyon)

거대하여

자이언 캐니언이라 했나?

신성하여

자이언 캐니언이라 했나?

캐니언을 미리 조감해 보라고

바위산 터널 창문이 열려 있었다

하늘 가까이에 있는 창문

과연 '천사의 문'이다

초행에 행여 놀랄까 반만 보여 주었다

터널을 빠져 내려오니 거대 바위산이

화를 품은 듯 온몸이 붉게 닳아 있다

행여나 불똥이 우리에게 튈까

엔진 소리를 죽여 슬슬 옆을 지나갔다

조금 평탄해진 길목에

앞산만 한 흰 바위가 비스듬히 누워 있다

울퉁불퉁했을 면상이 몇 겹의 세풍에 깎여
모난 데는 간데없다
곱게 백발이 된 할미의 모습이다

어이해 저 바위들은 저리도 검을까?
흰 바위, 붉은 바위와 유별코자
혹 두건을 두른 건가!
아니다, 온 몸뚱이가 다 검다
청승맞게 검고 거창해도 밉상은 아니다
그렇게 입 다물고 정좌해 있음은
"거암은 무언장수라."
거만 떠는 것인가? 오만인가?

봄엔 새 생명이 움트는 연둣빛 캐니언으로
여름엔 에너지가 충만한 녹원 캐니언으로
가을엔 곱게 물든 오색 캐니언으로
겨울엔 눈 덮인 화이트 캐니언으로
자이언 캐니언은
변장술도 능한 거대 성산이다
그래도
겨울엔 모두가 하얀 성산이 되니
화합과 평화의 성산이다

여보야, 이젠 사랑만 하자

그 성산 앞에서

누군들 제 업보를 다 풀어내어

용서를 구하지 않으리…

데스밸리(Death Valley)

악명 높은 고열사막

죽음의 계곡을 통과해 가야 하는 일정에

새벽에 라스베이거스(Las Vegas)를 출발하였다

광활한 사막을 두 시간여 달려가도

도로에는 우리 차뿐이었다

황량한 사막에 회색 건물들이

아침 햇살에 아른거렸다

"탈출해 도망쳐 봐라,

살고 싶으면 되돌아오겠지."

사막 가운데에 있는 감옥 천국(?)이었다

데스밸리는

산과 계곡이 죽어 온통 새까맣고

장구한 세월 동안 태양열에 다 타
이젠 더 탈 것도 없어 보였다

지구 나이 몇 살 때였을까?
바닷물이 육지를 침범했다가
땡볕 수용소에 갇혔었나 보다
포로가 되어 지금까지 증발되었으니
백염사장이 될 수밖에…

아직도 백염사장의 염천이
신기루처럼 아른거리고
완전히 타 응고해 버린 검은 바위들이
이글이글 달궈져 옥상계곡이 된 곳도 있다
가 볼 수도 없는 저 너머 계곡에서
옥빛 광채가 난다

용서받지 못할 죄가 소돔 고모라 만큼이었나?
바르게 살던 열 인디언도 없었나?
거기만큼 모두 타 버렸다!
여기에도 두고 도망친 보물이 아까워
뒤돌아보다 소금기둥이 된
여인이 녹아 저 염천이 되고

여보야, 이젠 사랑만 하자

부서진 잔재가 백염사장이 되었는지도…

서둘러 지나가다 뷰포인트에 올라
죽음의 계곡을 둘러보는 사이에
언제 뒤따라왔는지
경찰차가 우리 차 옆에 와 있었다
혹시 교통법규 위반 딱지를 떼려나 했더니
"데스밸리에서 행여나?" 하고
관광객들을 위해 순찰 중인 캅이었다

이곳을 지배했던 인디언들의 후예가
검은 저 산 뒤에 살고 있다 했는데
우리는 거기에 가 볼 여유도 용기도 없었다
한낮이 되기 전에
서둘러 그곳을 빠져나가야 했으니까

오르막길을 오르던 우리 차는
엔진이 부글부글, 픽픽 헛기침을 하며
고열에 못 견뎌 숨이 곧 멎을 것만 같았다
그래도 우리를 그곳에서 탈출시켜 준 놈은
이십 년 회갑을 넘긴 뷰익(Buick)이었다

시에라네바다(Sierra Nevada) 산맥을 넘으며

여행 마지막 날 귀갓길을 탐색하다가 지도에서 시에라네바다 산
맥을 넘어가는 비경산악도로를 찾았다.

시에라네바다 산맥의
협곡에 숨겨진 비경을 기대하며
산악도로에 접어들었다

간간이 비포장 일차선 구간이
협소하고 굽이가 심해
자칫하면 대가를 치를 위험이
곳곳에 도사리고 있었다

행여나 두 차가 마주치면
한나절은 족히
실랑이를 해야 할 듯싶었다

굽이굽이 한참 올라가다가
잠시 차를 멈추고 밖으로 나왔다
엊저녁에 우리가 잔 맘모스레이크시티(Mammoth Lake City)
가
내 손바닥으로 다 덮여졌다

여보야, 이젠 사랑만 하자

주변을 둘러보는 우리를
시에라네바다 산맥의 세찬 바람이
겁 없는 꼬레안들이라며
매섭게 얼굴을 스쳤다

어젠 데스밸리가 땡볕의 참맛을 보이더니
오늘은 시에라네바다 산맥의 매서운 바람이
고산의 냉혹한 맛을 보여 주었다

휴대폰이 없던 1987년 6월 21일
그곳에서
"만약에…"에 직면하면
우리 가족은 여덟 손 모아 잡고
"제발 차 한 대만 지나가게 해 주소서!"
기도하는 수밖에 없었다

조심조심 차를 몰아 정상에 다다르니
해발 8,730피트 표지판이 눈앞에 나타났다
올해에 저 표지판을 본 사람들이 몇이나 될까!
오늘은 우리 네 식구가 전부일 테고…

연료계기 바늘이 바닥에 떨어졌다
설상가상이었다

아름다운 계곡?
울창한 숲?
하늘 바로 아래 청정호수?
시에라네바다 산맥의 비경?
………들이
공포여행을 하는 우리를 보고
고소해 하는지 얄미웠다

삼부능선까지 내려가니
아래 계곡에서 피어오르는 연기가 보였다
저게 바로
광야에서 모세가 만난 구름 기둥이로구나!

이젠 주유소가 없어도 좋다
거기에 차가 있을 테니까…
차는 차를 만나야 도움을 받지
제발 거기까지만 굴러가자
사람이 있고 차도 있을 테니…

여보야, 이젠 사랑만 하자

야, 저기 주유소 간판이다!

그제야 가슴을 쓸어내리며

시에라네바다 산등성을 뒤돌아봤다

언젠가 연료를 만당으로 넣고

휴대폰도 꼭 챙기고

시에라네바다 산맥의 이 길을

기필코 다시 넘으리라!

그때에는

호수도, 비경 계곡도, 천연 원시림도

실컷 감탄하며 정복하리라!

배부른 뷰익은

언제 배고프고 지쳤었나?

누런 들판을 신나게 달려갔다

고속도로에서는 지 세상이었다

애들아, 데이비스에 다 왔다

몇 시냐?

여섯 시예요

옐로스톤(Yellowstone) 국립공원

데이비스에서부터 리노, 솔트레이크시티 등을 거쳐 2박 3일을 달려가 옐로스톤 국립공원에 도착했다. 공원 내에 있는 올드 페이스풀 인(Old Faithful Inn)에 투숙하며 2박 3일 관광하는 일정이었다.

수 겹 산 넘어오는 능선에서
그림 같은 초원에 이르렀다
구름 몇 쪽이 하늘에 떠 있고
소 떼들이 한가로이 풀을 뜯고 있었다

아름다운 풍경에 반해
차를 멈추고 밖으로 나와
기지개를 켜며 숨을 깊이 들이마시니
유황硫黃 냄새가 가슴속까지 스며들었다
옐로스톤이 날려 보낸 전갈이었다

기대를 잔뜩 안고 달려온
미국의 최대의 국립공원, 옐로스톤은
유황이 지배하는 군주국이었다
온천수 가까운 나무숲은
유황 가스에 질식되어
대부분이 죽어 있고

여보야, 이젠 사랑만 하자

겨우 버티고 있는 나무들도
뼈다귀만 앙상하다

뽀글뽀글 팥죽을 끓이는 놈
픽픽 물총을 쏘아대는 놈
물대포를 주기적으로 발사하는
놈들의 짓은
지하에서 끓고 있는 열화를
지상으로 뿜어대는 화풀이던가
영원한 유황불로부터 탈출이던가!

넘쳐흐르는 온천수는 맑기만 한데
온천천 암반에는 꽃술이 없는
무색 꽃이 피어 있다
몇 만 년이나 피어났을까?
곱고 아름답기는 이를 데 없는데
풍기는 향수는 영 아니다

한 백 년 후에 다시 와서
돋보기를 쓰고 보면 저 꽃잎이
얼마나 더 피어나 있을까?
천 세대쯤 지나면 접시만큼 피어날까?

지금 저 꽃잎을 사진으로 담아
타임캡슐에 묻어두자

모락모락 김이 나는 온천수에
지친 발을 푹 담그고
뭉친 종아리를 풀고도 싶었지만
여기서는 "노, 땡큐!"다

깊은 산속에서 내려와 풀을 뜯는
야생 엘크 떼를 보고
철사 줄 밖에서 셔터만 눌러댔다
"엘크님들 아침 식사 방해 말라."
는 경고문까지…
여기선 엘크가 상전이다

옐로스톤을 떠나오던 날에
줄지어 서 있는 차들 사이로
영문도 모르고 나는 계속 내려갔다
차 안에서 한 사람이 옆을 보라고
내게 손짓을 했다
그제야 차를 멈추고 옆을 바라보니
누런 곰 한 마리가

여보야, 이젠 사랑만 하자

어슬렁어슬렁 내려오고 있었다

먹이를 찾아 코를 실룩거리며
우리 옆 이십여 미터까지 다가왔다
우리에겐 야생 곰을
처음 가까이 보는 행운이었지만
행여나 곰이 덮칠까 두려워
차 밖으로 나온 사람이 하나도 없었다

옐로스톤은
지하엔 태초부터 끓는 유황 용광로가 있고
지상엔 야생동물이 보호받으며 살아가고
자연발화로 새로운 생태계가 창조되는
원시의 낙원이다

거기에 사람들도 있으니 에덴동산?
그런데 나는 선악과와 뱀은 보지 못했다

레드우드(Red Woods) 국립공원과 태평양연안 따라

레드우드 국립공원은 미국 캘리포니아 주 북부 태평양 연안과 접하고 있는 붉은 삼나무들이 울창한 공원이다. 이어 태평양 연안 따라 내려오면 기네스북에 오른 지상에서 가장 키 큰 나무와 상상을 초월한 거대한 거목들을 볼 수 있다.

레드우드 국립공원의 칙칙한 삼나무 숲길에서는
운전 실력도 과신하지 말아야 한다
아름드리 붉은 삼나무가
빼곡히 길가에 도열해 감시하고 있다

위로는 하늘이 없고
옆으로는 음침한 황토벽이다
모두가 레드우드의 조화다

한결같이 울창한 붉은 삼나무가
구릉진 산야를 덮었으니
내가 헤맸는지 숲길이 나를 잃어버렸는지…
그래도
용히 미로를 빠져나왔다

여보야, 이젠 사랑만 하자

한참 달려가다가
사람들이 운집해 있는 광장으로 들어가니
세상에서 가장 키 큰 나무
보러가는 셔틀버스 주차장이었다
우리도 셔틀버스를 타고 올라갔다
하차하여 숲길을 따라 한참 걸어가니
관광객들이 한 나무 주위에 둘러서 있었다

"키 112미터"
패찰을 달고 하늘로 치솟아 있는
그 나무가
기네스 기록 보유 삼나무였다

그 키다리 나무 끝을 보려고
사람들이 일제히
"하늘 봐!" 하고 있었다

산에서 내려와 큰 도로를 달려가다
안내 표지판을 따라 샛길로 들어가니
거목이 앞을 가렸다
남자 열이 양팔을 벌려 잡아야 할 만큼
거목 중의 거목이었다

연이어진 길 한가운데에
몸통이 뻥 뚫린 나무가
생생하게 살아 의젓이 버티고 서 있었다
사람과 차가 통과해 다니도록
몸통을 내어 터널을 뚫게 해 준
홍익 삼나무였다

누군가가
이 삼나무에게 고통을 주고
사람에게는 편의를 제공하려 했다면
그는
나무에게는 잔인함을
사람에게는 선을 행했다고 해야 할지…
아님
여기 거목들은 너무 오래 살아
보호 대상에서 제외되었는지…
우리도 그 터널에 차를 세우고
기념사진까지 찍은 관광객이었다

샛길을 벗어나 달려가다가
잠시 휴게소에 들렀다
특이해 보이는 가게에 다가가 보니

여보야, 이젠 사랑만 하자

나무 한 토막을 파내 만든 일체형 가게였다

보고도 안 믿기는데

누구에게 말하면 믿을까?

나는 그 통나무가게에 들어가

천정, 바닥, 벽을 유심히 살펴봤다

눈으로는 확인되는데

머리로는 ?와 !가 오락가락했다

Episode 03
I.B.C. 월드포럼 참석

2006년도 7월 5일부터 8일까지 영국 옥스퍼드 대학교에서 개최되는 I.B.C.(International Biographic Centre) 월드포럼에 아내와 함께 참석했다.

I.B.C.는 영국에서 발간하는 가장 권위와 역사를 자랑하는 '세계인명사전 편찬위원회'다.

I.B.C.에서는 인명사전에 등재된 각계의 인사들의 업적을 평가하여 공로패를 증정하고, 학술행사와 문화교류를 증진하는 월드포럼을 매년 개최하고 있다.

올해에도 50여 개국에서 600여 명의 각계 원로인사들이 참석했다.

나는 I.B.C.위원회에서 '2006년도 세계 100대 과학자'로 선정되었고, 그해에 처음으로 제정된 '아르키메데스 상' 수상자로 선정되었다.

여보야, 이젠 사랑만 하자

I.B.C.월드포럼 십여 일 전에 유체공학 국제학술대회가 포르투갈 리스본에서 개최되었다. 그리하여 실험실 L교수와 대학원생들과 함께 논문발표 차 삼일간 그 학술대회에 참석했다.

　　학술대회가 끝난 후에 파리에 와서 삼일간 여행을 하고 영국 런던으로 건너갔다.

　　나는 런던여행이 세 번째였지만, 아내는 처음이라 런던에서도 삼일간 여행을 하고 옥스퍼드로 내려갔다.

　　옥스퍼드에서는 예약한 호텔의 조용하고 운치가 있는 '그르니에' 에 투숙했다.

　　7월 6일 밤 11시경에 큰아들이 서울에서 전화를 했다. 미국 로스쿨 입학시험 성적이 상위권으로 나왔다는 소식을 부모에게 전해 주려는 아들의 전화였다. 기쁜 소식 전해드려 건강하고 즐거운 여행을 하시라는 아들의 효심이었다.

　　"장하다! 우리 아들, 장하다! 수고했다!"

　　아내와 나는 번갈아가며 수화기를 놓지 않고 아들을 축하해 주었다. 그 저녁에 우리 부부는 옥스퍼드의 그르니에에서 손을 잡고 기쁨과 감사의 기도를 올렸다.

　　이틀간의 각종 포럼이 끝나고 마지막 날 폐회와 함께 수상자들에게 상패를 수여하는 날이었다. 행사가 열리기 한 시간 전부터 옥스퍼드 대학교의 교정에서 가든파티가 열렸다.

파티에 참석한 사람들은 자기 나라의 전통의상을 입고, 훈장과 메달들을 몇 개씩 목에 걸고 나온 원로들도 많았다. 파티장은 마치 지구촌 전통의상의 축제 같았다. 그런데 그 파티장에서 양복 차림을 한 남자들은 나를 포함하여 몇몇이 되지 않았다. 그리고 여자들은 거의 모두가 자기 나라의 전통의상을 입었는데 아내는 양장 차림이었다.

월드포럼에서 개최되는 가든파티에 대한 사전 정보도 없이 처음 참석한 순진한(?) 꼬레안부부의 해프닝이었다. 그래도 우리는 기죽지 않고, 샴페인 잔을 들고 그들과 어울려 즐거운 대화를 나누고 기념사진을 수없이 찍었다.

I.B.C. 월드포럼 가든파티

여보야, 이젠 사랑만 하자

다음 해 초, 2007년도 월드포럼은 미국 워싱턴 D.C에서 개최된다는 I.B.C.의 초청 팸플릿을 받았다. 나는 그 팸플릿 표지 사진을 보고 깜짝 놀랐다. 전년도 옥스퍼드 대학교에서 개최된 월드포럼 가든파티에서 전통의상을 입은 외국인들과 어울려 있는 내 모습이 표지 사진으로 실려 있었다.

"나도 모르게 이 사진을 누가 찍었지? 그 많은 사람들 중에 그리고 그 화려한 전통 의상들을 제외하고 하필이면 전통 의상들 사이에 끼어 있는 꼬레안양복쟁이를…."

여하튼 아름다운 한국 전통의상은 안 입었지만 꼬레안의 모습은 자랑스러웠다.

6·25 전쟁으로 폐허가 되어 이웃들이 기아로 죽어 가던 그때에 나의 최대 희망은 초등학교 교사였다. 그런데 57년이 지난 지금 나는 대학교수로 38년간 재직하다 정년퇴임을 하고 나의 지난 발자취를 되돌아보고 있다.

초등학교 교사가 되기 위해 올인했던 내가 세계 100대 과학자로, 아르키메데스 상 수상자로, 그리고 국내는 물론 영국, 미국, 프랑스, 아시아 등에서 발간되는 세계 인명사전에까지 등재되었다.

이 큰 축복을 주신 하나님께 감사를 드립니다.

Chapter 02

이젠 황혼이다!

만추/노병준

나는 황혼에 이르러, 듣지 못할 대답인 줄 알면서 바보 질문을 한다.

"삶, 너는 나를 사랑했나?"
"세상, 너는 나를 미혹했나?"
"하늘, 당신은 나를 축복했지요?"
"나는 어느 것을 더 많이 받았나?"

지난날은 잊으라 했는데
나는 바보 기억을 잊지 못한다
그리고
바보 질문을 하고 있다

민들레 홀씨 되어/노병준

버리고, 내리고, 바라지 말자!

버리자

욕심
너는 나의 영원한 친구야
고희를 넘긴 지금도
나를 사랑해 주는
변함없는 친구야

명예도 이만큼 살아옴도
모두 너의 도움이었어
나의 부단한 몸부림도 있었지

여보야, 이젠 사랑만 하자

그런데 그것들이 지금
황혼빛에 바래 가고 있구나!
어찌하면 좋으니?
지금도 나는 바라는 것들이 많거든
그것은 나의 친구
네가 있기 때문이야

세상 모든 친구들이 나를 떠나도
너는 늘 나와 함께 있으니
나는 오늘도 바라고 있지
더 많고, 더 좋고, 더 큰 것을…
너는 나의 비타민이야

욕심, 너는
내 나이 미수米壽쯤 되면 떠나려나?
그땐 평생 의리도 버리고
그땐 꼭 떠나겠지…

그제야 나는
너 없는 세상에서 외로워지겠지
그래도 여행은 자유롭게 할 거야!

내리자

근심은
인연들의 얽혀진 애환
어깨가 내려앉고 다리가 휘어져도
지고 가는 짐
그 짐 지고 쓰러지기보다
내려놓기가 더 어려운 것

이제는
풀어 보지도 말고 지지도 말고
그대로 내려놓을 수는 없을까!
고희가 되도록 되뇌었어도
나는 쳇바퀴 도는 다람쥐
오늘도 돌고만 있다

근심의 처방은
"내려놔라!"
말하기도 듣기도 참 쉬운
명의의 탕약이다
그런데 마시지를 못한다

여보야, 이젠 사랑만 하자

치매나 걸리면 내려진다는데
그것마저 또 하나의 근심이다

그래도 "내리자!"는 늘 기억하자!

• • •

오늘 카카오톡에 메시지가 왔다

잡고 있는 것이 많으면 손이 아프고
들고 있는 것이 많으면 팔이 아픕니다

이고 있는 것이 많으면 목이 아프고
지고 있는 것이 많으면 어깨가 아픕니다

보고 있는 것이 많으면 눈이 아프고
생각하는 것이 많으면 머리가 아픕니다
품고 있는 것이 많으면 가슴이 아픕니다

내려놓으세요
놓아 버리세요

나도 내려놓아야지 하며
이 편지를 친구들에게 전달했다

내 온몸은 여전히 아프다

바라지 말자

바람은
젊음의 바람
황혼의 바람
높이 멀리 날갯짓을 한다

나의 바람 없이
내게 예고도 없이
조용히 다가와 노크할 때에
깜짝 놀라야지!
왜 왔는지도 나는 몰라야지!
그래야 참 기쁨인 게지!

젊음의 바람은
아름답게 피어날 꽃망울

여보야, 이젠 사랑만 하자

활짝 피어 열매 맺는 풍성한 소망

가슴을 박동케 하는 힘찬 에너지

새 세상을 만들어 갈 희망찬 설계이어라!

황혼의 바람은

자기가 바라는 것

사랑으로도 나누지 못하는 것

자기를 외롭게 하다가 홀로 서글퍼지는 것

바라지 말아야 할 것이어라!

채송화꽃밭에서

장미꽃 화원을 그리워하면

채송화는 피기도 전에 잡풀이 된다

엉뚱한 바람

하지 말아야 할 바람이어라!

내가 가꾸었으니

내가 원하는 꽃이 피고

내가 원하는 열매 맺고

내가 원하는 대로 걷어 들이는

그런 바람이 황혼을

외롭고, 서운하고, 허통케 하는 바람이어라!

황혼의 바람은

북풍에도 날아가지 않는 바람

동지섣달 한파에도 얼지 않는 바람

오뉴월 폭우에도 쓸려가지 않는 바람

다만,

가물가물한 황혼을 우롱하는 바람이어라!

황혼의 바람은

희미한 여망일 뿐…

바라지 말자!

여보야, 이젠 사랑만 하자

Episode 02
돌아보니

나도 정답을 썼다

이웃을 돌아보고

자기만 생각하고

나눠 주기를 잘하고

받아 가기만 잘하고

바르게 살아가고

멋대로 살아가고

한 섬 갖고도 나눠 주고
백 섬 채우려 앗아 가고

기뻐하며 감사하고
불평하며 원망하고

칭찬하며 축하하고
시기하며 질투하고

사돈이 논 사면 축하해 주고
사돈이 논 사면 배앓이 하고

꽃밭에 꽃을 가꿔주고
꽃밭의 꽃을 꺾어가고

옳은 것을 옳다 하고
그른 것을 옳다 하고

그날엔
채웠다 영이 되면 오염되어 추잡하고
비워서 영이 되면 깨끗해서 아름답다

여보야, 이젠 사랑만 하자

삶에는 정답이 두 개 있다
세상의 정답이 있고
하늘의 정답이 있다

나는 아직도
어느 정답을 쓰고 있나?

불효자입니다

지가 무엇을 하려고
지게 벗어 팽개치고
곡괭이 삽 내던지고
부모님 맘 아랑곳없이
지 맘대로 살았습니다
지는 불효자입니다!

아버지의 지게 다리는 몇 개나 부러지고
어머니의 호미 자루는 몇 개나 닳았는지
지는 세어 보지도 않았습니다
모른 채 지 욕심만 부렸습니다
부모님은 그렇게 사시는 줄 알았습니다

지는 불효자입니다!

부모님은 한 푼만 생겨도
일급비밀 속주머니에 숨겼다가
자식들 손에 쥐여 주셨습니다
부모님은 주시고
자식들은 받는 줄로만 알았습니다
지들은 불효자입니다!

어깨 허리가 바스러지게 아프셔도
치통 복통을 밤새도록 앓으셔도
이른 새벽부터
아버지는 마당 쓸고, 소죽 쑤고
어머니는 아침 밥상 차려 놓으시면
자식들은 그제야 일어나 밥만 먹었습니다
자식들은 그래도 되는 줄로 알았습니다
지들은 불효자입니다!

자식들이 고뿔만 들어도
부모님은 아픈 자식 등에 업고
한약방으로 병원으로 뛰어가셨습니다
부모님은 중병을 앓으셔도

여보야, 이젠 사랑만 하자

지들의 아픔만 호소했습니다
부모님은 아프셔도 괜찮은 줄 알았습니다
지들은 불효자입니다!

부모님의 사랑은 내리사랑
지들은 한없이 받기만 했습니다
지들도 사랑을 내려 주기만 하고
위로하는 효는 소홀히 했습니다
효와 사랑은 그렇게 하는 줄로 알았습니다
지들은 불효자입니다!

부모님은 자식이 죽으면 가슴에 묻고
한평생을 눈물로 애통하며 사십니다
지들은 부모님이 가시면 뒷산에 묻고
앞산만 바라보고 살아갑니다
지들은 불효자입니다!

이젠
효도해야 할 부모님은 가시고
사랑해야 할 자식들만 늘어갑니다
위로 하는 효는 잊은 지 오래고
아래로 하는 사랑만 더해 갑니다

지들은 불효자입니다!

고맙다, 여보야!

가난한 훈장이 뭐가 좋아
내 이름 석 자만 알고 시집온 당신
세상 고생 다 하고 온갖 아픔 다 이겨내며
감사하며 살았소

시부모 형제들과 한집에서
너무도 다른 시가 가풍이
몸에 배기도 전에 반세상을 살았으니
곱던 당신의 얼굴에도
잔주름이 보이는구려!

병상에 누워서도 자식들 걱정에
남편의 간병은 당연시하고
아들들 얼굴만 보아도 밝아지는 당신
그 순간에는 참 건강한 천사였소

온갖 아픔으로 고통받고

여보야, 이젠 사랑만 하자

마음도 몸도 지쳤을 때에는
어둠이 우리를 휘몰아 가는 듯했지만
황혼까지 사는 동안 행복했던 때도 많았었지

여보야,
어두운 지난날은 생각하지 말자
행복했던 날만 두고두고 돌아보며 살자

당신이 지금 그렇게 할 수 있으니
얼마나 감사한가!
얼마나 행복한가!
고맙다, 여보야!

고맙다, 친구들아!

별일이 없어도
그냥 생각이 나서
목소리라도 듣고 싶어서
다이얼을 돌려주는
친구들아, 고맙다!

막걸리잔에 흥얼거리며
묻어둔 정담 다 풀어내고
반세기 케케묵은 얘기에 귀 기울이며
지방방송 끄라고 목소리 높이는
개구쟁이 또래들아, 고맙다!

고혈압은 이렇게 관리하고
당뇨는 운동하며 이런 것들 챙겨 먹고
어디에는 무엇이 최고라고
비속어 섞어 가며 건강 상식 늘어놓는
막 친구들아, 고맙다!

하프 마라톤도 뛰어 보지 못하고
천왕봉 등반 한 번 해 보지 못하고
조기 축구 멤버에도 못 끼지만
나이스 샷 외치러 가자 불러 주는
필드 친구들아, 고맙다!

여보야, 이젠 사랑만 하자

반가운 소리

아파트는 내가 반평생 살아온 고을
지금은 네 번째 고을에 살고 있다
강산이 한 번 반 변하도록
낯만 익은 이웃들과 살고 있다
하루면 여러 번
엘리베이터에서 마주치며 산다

"안녕하세요!"
육십갑자 넘은 이들이 건네는 인사다
목소리는 탁해도 참 반가운 소리다
젊고 밝은 목소리는
더 반갑고 좋은 하루를 기약해 준다

산동네 이웃들은 띄엄띄엄 살아도
훈훈한 정은 싸리문도 없이 오고 간다
만나면 남녀노소
"안녕하세요!"
반가운 인사부터 한다

산나물 먹고 옹달샘 물 마시는

산동네 사람들은
목소리도 맑고 카랑카랑하다
그들이 잊지 않고 꼭 건네는
"안녕하세요!"
그 소리 다정하고 참 반갑다

모두가 아름다워

동네 길가에 돋아난 민들레는
밟히고 뜯겨서 꽃답게 피지 못해도
벌 나비는 알고 날아드는데
나는 그냥 밟고 지나다녔다

몸살하며 돋아난 잎들은 꽃술을 감싸고
숨겨둔 꿀샘으로 벌 나비를 부른다
눈이 침침해져 가는 황혼이 되어서야
민들레꽃이 노랗게 보인다
내 가슴에도 피어난다
참 아름답다!

산야에 우거진 풀숲을

여보야, 이젠 사랑만 하자

누렁이 꼴로

자갈논 퇴비로 베어 나를 때에는

봄 냄새가 뭔지도 모르고

연두색 신록도 보이지 않았다

그냥 한 지게씩 베어 나르기만 했다

언제부턴가 카메라를 들고 다니다가

오월 신록에 푹 빠지고

봄 냄새에 취해서

눈도 마음도 다 빼앗겼다

참 아름답다!

꽃동산이 아름답고

엄동설한 겨울 산도 아름답다

오월의 신록이 아름답고

동지섣달 잡목 숲도 아름답다

화백이 그린 여인이 아름답고

손주가 그린 할멈도 아름답다

장인匠人이 빚은 백자가 아름답고

아내가 빚은 머그잔도 아름답다

풍만한 보름달이 아름답고
가냘픈 하현달도 아름답다

눈으로 보는 세상이 아름답고
맘으로 보는 세상도 아름답다

모두가 참 아름답다!

여보야, 이젠 사랑만 하자

Episode 03

황혼에는 사랑만 하자

묻어둔 사랑

사랑이 뭐길래

가슴 깊이 묻어둔 채

아내와

사십 년도 넘게 살았습니다

사랑 연가는 노래로 부르면서

사랑한다는 말은 안 했습니다

아랫목 이불 속에 네 다리 묻고서

오순도순하는 것이 사랑인 줄

알았습니다

엄동설한 손빨래 하다가
호호 불며 들어오는 아내의 손을 잡고
사랑한다는 말은 안 하고
웬 손이 이렇게 차냐고만 했습니다

화창한 봄날에 호숫가를 거닐며
"사랑한다!"는 말은
노래 가사로만 했습니다

산고를 이겨내며 출산한 아내에게
"사랑한다!"는 말 대신
고생했다고만 했습니다

프랑스에 살면서도
"주 땜므[1]!"
사랑한다는 불어를
나는 아내에게
참 멋쩍어 안했습니다

---

1) Je t'aime: 당신을 사랑합니다

여보야, 이젠 사랑만 하자

미국행 비행기에서

좋아하는 두 아들과 행복해하는 아내를 보며

"사랑한다, 여보야! 아들들아!"

는 가슴속으로만 했습니다

미국에서도

"아이 러브 유!"

를 나는 아내에게

"사랑한다!"

는 말 다음으로 안 했습니다

수술실 문 앞에서 아내의 손을 놓으며

"여보, 사랑해!"

라는 말은 안 하고

"염려 마, 하나님이 치유해 주실 거야!"

그 말만 했습니다

아내와 산행 중에

아내가 지쳐 주저앉을 때에도

"사랑한다!"

는 말은 안 하고

"조금만 더 가면 정상이야"

다그치기만 했습니다

식탁에 힘겹게 기대앉은 아내에게
"허리 펴! 서른 번 씹어!"
퉁명스러운 그런 말은 끼니때마다 했어도
"사랑한다!"
는 말은 가슴에 묻어뒀습니다

나는 '사랑'이란 놈을
가슴속 깊이 가둬 두고
지금도 살고 있습니다
너무도 귀한 놈이라서…

사랑은

사랑은
여리게 불어오는 봄바람
소녀의 가슴에 숨어 있는 그리움
하늘에서 달빛 타고 내려온
어린 천사들의 은은한 합창소리

여보야, 이젠 사랑만 하자

사랑은

모나리자의 실크 미소

밤낮이 멈춰 버린 속삭임

사랑은

수줍은 복사꽃망울

둘이서 속삭여야 풍기는 라일락 향기

사랑은

말로 하는 그런 게 아녀도 좋은 것

가슴속에 숨겨두고 그리워만 해도

사랑할 그이가 있어 행복한 것

사랑은

말로 하는 사랑

글로 쓰는 사랑

가슴으로 하는 사랑

나는 어느 사랑을 하고 있나…

황혼엔 사랑만 하자

텃밭에 피어난 몇 송이 채송화를
먹거리 채소가 아니라고
잡풀 매듯 뽑아 길가에 버렸습니다
여보야,
우리 이젠 사랑의 꽃밭에 심어 주자

캄보디아 톨레샵 수상가옥에서
먹구렁이 칭칭 목에 감고
"원 달러!"
손 내미는 어린 소녀를
여보야,
우리 이젠 징그럽다고 하지만 말자

일 년 내내 누비바지, 덧신발로
새벽마다 우리 아파트 쓰레기 치우고
폐지 모아가는 칠십 객 노인을
여보야,
우리 이젠 측은하게 보지만 말자

아픔으로 고통 받고

여보야, 이젠 사랑만 하자

배고픔으로 허기진 이웃들
여보야,
우리 이젠 불쌍하다고 하지만 말자

연말마다 이웃돕기운동
교회마다 구제헌금
거리엔 자선냄비 놓고 딸랑딸랑
여보야,
우리 이젠 연례행사로 여기지만 말자

세상에는
사랑할 것도 참 많고
미워할 것도 너무 많다
사랑할 것 다 제하면 미워할 것이 없고
미워할 것 다 제하면 사랑할 것도 없다

우리는 언제쯤
사랑을 알고 사랑할까!

여보야, 황혼엔
미워하며 ??? 하지 말고
사랑으로 !!! 하자!

여보야, 당신이

언제 이렇게 건강하였지?

그래, 우린

황혼엔 사랑만 할 수 있어!

황혼엔 사랑만 하자!

여보야, 귀국비행기 출발시간이 내일 밤 열두 시 반, 맞지?

여보야, 이젠 사랑만 하자

감사장

사랑하는 당신에게

하늘 아래 작은 하늘이 되어준 당신께 드립니다.
당신과 한배를 타고 항해를 시작한 지 어느덧 40년, 세월이 화살같이 빠르게 지나갔습니다.
바다가 평온할 때나, 폭풍우 속에서도, 당신은 오직 앞만 바라보고 노를 저으며 쉽게도 지치는 나를 붙잡아 일으켜 세우기를 몇 번….
우리는 지금 어디쯤 왔을까요?
이제, 우리 안식의 항구에 다다를 때까지 두 손 꼭 잡고 사랑만 하며 가요.
당신의 가르침을 따라 반듯하게 자라준 두 아들과 함께 한마음 가득 사랑과 존경을 드립니다.

2014년 2월
당신의 아내 박정선